DESDE O PRIMEIRO OLHAR

DESDE O PRIMEIRO OLHAR

MARIO VITOR RODRIGUES

Editora
Nova
Fronteira

© 2017 by Mario Vitor Rodrigues
Direitos de edição da obra em língua portuguesa no Brasil adquiridos pela EDITORA NOVA FRONTEIRA PARTICIPAÇÕES S.A. Todos os direitos reservados. Nenhuma parte desta obra pode ser apropriada e estocada em sistema de banco de dados ou processo similar, em qualquer forma ou meio, seja eletrônico, de fotocópia, gravação etc., sem a permissão do detentor do copirraite.

EDITORA NOVA FRONTEIRA PARTICIPAÇÕES S.A.
Rua Nova Jerusalém, 345 — Bonsucesso — 21042-235
Rio de Janeiro — RJ — Brasil
Tel.: (21) 3882-8200 — Fax: (21) 3882-8212/8313

CIP-Brasil. Catalogação na publicação
Sindicato Nacional dos Editores de Livros, RJ

R614d
    Rodrigues, Mario Vitor
        Desde o primeiro olhar / Mario Vitor Rodrigues – 1.ed. – Rio de Janeiro: Nova Fronteira, 2017.
        272p.

        ISBN 978-85-209-4050-1

        1. Romance brasileiro. I. Título.

                      CDD: 869.93
                      CDU: 821.134.3(81)-3

Aos perseverantes.

— Jura? Mas que interessante! Qual é o nome?
— Hã...
— Espere, vou anotar — avisou ela antes de buscar caneta e um pequeno bloco de notas dentro da bolsa.

Durante as viagens que fiz para poder contar esta história, conversei com várias pessoas, algumas até me fizeram companhia durante determinado período. Enquanto a maioria sempre teve algo interessante a dizer, ou mesmo ofereceu traços de suas personalidades que depois se mostraram úteis, outras proporcionaram momentos verdadeiramente únicos.

Uma delas foi essa moça, cujo nome já não recordo e que a princípio imaginei fosse tímida, no balcão do Naniwa-Ya, um modesto restaurante japonês na rua Sainte-Anne, em Paris.

Seu interesse pelo enredo em um momento de incertezas — eu ainda começava a rascunhá-lo — significou para mim uma injeção de ânimo decisiva. Tanto que ainda hoje recorro à sua lembrança em busca de energia, quando as agruras da vida teimam em minar a criatividade.

Escrever não é fácil, requer um pouco de fantasia e muita disciplina, mas confiança e carinho são fundamentais para seguir adiante.

Agradeço hoje e sempre àquela desconhecida.

Que ela represente todos que ao longo desses anos tornaram possível este trabalho.

Mario Vitor Rodrigues
(16 de fevereiro de 2017)

SALISBURY

(início dos anos 1980)

1

— Agora chega ou você vai se atrasar novamente... Eu disse para largar essa torrada! Vá comendo pela rua, mas saia logo, eu não suportaria outra queixa da sua professora!

O mesmo calvário se repetia durante todas as manhãs. Talvez até mesmo as falas. Ele não podia evitar, era como se cada ato exigisse uma cadência específica, tão lógica e habitual que não via sentido em alterar. Se ficava triste com a reação que provocava? Claro que sim, porém jamais respondia a sua mãe. Sempre em silêncio, concentrava-se em cada tarefa para tentar ser mais ligeiro e assim aborrecê-la o mínimo possível. Então, uma vez pronto, era toureado até a porta de casa. Primeiro debaixo de cafunés, depois aos berros e por vezes até beliscões.

Naquele dia, para seu azar, outra infeliz tradição foi honrada.

Caminhar a passos rápidos até o ponto de ônibus, quase correndo, e por isso deixar cair o último pedaço da torrada com geleia de amora? Quem dera. O olhar de reprovação do motorista por seu aspecto esbaforido, como que adivinhando a mãe aflita pelo filho relapso e ao que tudo indicava mau aluno? Também seria preferível. Fato é que, já próximo do colégio, diminuindo o ritmo e tentando parecer o mais natural possível, acabou tropeçando nos próprios cadarços. E não foi nada grave, o que tornou o momento ainda mais vexatório.

Tivesse mergulhado de peito inteiro no chão, livros, cadernos e estojo voando pelos ares, ao menos cada um dos risinhos cruéis que ouvira em seguida teriam cedido lugar à comoção.

Não que problemas com os sapatos fossem uma constante, mas o motivo do desconforto, o embaraço que acentuava seu jeito desengonçado e proporcionava cenas de comédia pastelão, esse jamais deixava de assombrá-lo: as meninas.

Conviver com a indiferença dos garotos foi até certo ponto tranquilo, com o passar do tempo tirou aquilo de letra, difícil de verdade era lidar com a presença delas. Bastava uma mínima aproximação e seu desconforto beirava o insuportável.

Deboches e muxoxos continuaram enquanto, ainda abaixado, tratava de se recompor, mas não esboçou qualquer reação.

Dada a impossibilidade de desaparecer, retardou o máximo possível seus movimentos na esperança de que desistissem de fazer galhofa. Até que finalmente o último sinal tocou, avisando aos alunos o início das aulas.

Então, quando não restava outra alternativa que ficar de pé, tratou de reparar em suas algozes. Todas usavam saias compridas, e a maioria tinha fitas no cabelo, entretanto os detalhes logo perderam a importância quando uma delas olhou para trás, por um breve momento parecendo querer assegurar-se de que estava tudo bem com ele.

Era um pouco mais baixa que as outras, ruiva e usava rabo de cavalo.

Para ele, a menina mais bonita do mundo.

Seu nome era Joan Marie Baker.

PARIS

(fim dos anos 2000)

2

— Mas, capitão, o senhor tem certeza?
— Se tenho certeza? Suma da minha frente antes que eu lhe corte um braço e depois o abandone em uma ilha deserta, cão... — exigiu Edward Teach.
  O grande pirata acabara de descer os poucos degraus que levavam ao segundo porão do Queen's Anne Revenge. A forte mistura de suor, pólvora e rum, embora impregnasse o ambiente, nem sequer era percebida por ele ou qualquer um ali. Armada com quarenta canhões, a colossal fragata de trinta toneladas, lar para duzentos marujos, contava com a lua encoberta e espreitava no mais absoluto silêncio.
  Se o Revenge era conhecido como "vaso da morte", pela forma e fama de aniquilar sem piedade quem atravessasse sua rota, o galeão à frente poderia muito bem ser denominado "vaso da fortuna": a julgar pela navegação cuidadosa e em águas tão próximas das colônias, só poderia estar abarrotado de ouro e pedras preciosas.
  Barba Negra então posicionou-se atrás de Pier Morgan. Tão próximo que seu pútrido hálito baforava a nuca do marujo, natural de Bristol como ele. Era importante que o tiro avariasse, mas de forma alguma atingisse o casco de modo a causar um rápido naufrágio. Por aquele motivo, atacar de surpresa era sempre preferível. Perder a carga preocupava, mas o contra-ataque também. A primeira bala de canhão era determinante.

As razões para ter escolhido justamente aquele posto eram duas: a primeira delas, o fato de Morgan estar posicionado no canhão do meio, o décimo quinto, de tiro duplo. A visão, dali, utilizando-se da mínima fresta pela qual desembocava o cano de cobre, um dedo negro apontando para o inimigo, era ideal.
Sem falar em sua mais do que assegurada eficiência. Ao lado do próprio Barba Negra já vivenciara dezenas de vezes situações como aquela, porém o famoso pirata não estava disposto a mudar um costume que vinha funcionando tão bem.
— A postos, marujo?

A existência de um pirata comum, ainda que bafejada pela sorte, não raro flertava com a tragédia. Por exemplo, dificilmente era possível emendar longas travessias sem perder algum membro. Quando assim acontecia, e a própria vida não era ceifada, o sujeito tinha direito a uma compensação. Por um olho sempre menos do que por um braço. Uma perna, caso fosse a direita, poderia atingir setecentas coroas, ou seis, às vezes sete escravos. Qualquer parte do lado esquerdo tinha valor menor. Ainda assim, como o papel de médico era desempenhado por um cozinheiro na maioria das vezes embriagado, munido apenas de um ordinário facão, raramente sobrevivia-se à profunda infecção que o doloroso procedimento infligia.
Como se não bastasse esse aspecto — que por nada deve ser negligenciado, uma vez que os ferozes combates faziam parte da rotina de todo pirata digno do nome —, o código de conduta à bordo do navio era muitas vezes mais rígido do que em terra firme. Por exemplo, ai de quem roubasse ou deixasse cair no mar alguma carga valiosa. E igual rigor era dispensado a quem caminhasse por sua conta em vez de pensar em todo o grupo, que arriscasse a vida dos demais ou deixasse de zelar pelo bom estado da embarcação. Quarenta chicotadas era um castigo comum para faltas dessa gravidade.

Compreendido este cenário, envolvendo centenas de homens à beira do desespero, ora sufocados pelo tédio, ora pelo pavor, a personalidade de Pier "O Teimoso" Morgan destoava com folga. Sua natureza predadora não era muito diferente, assim como os demais piratas ele também ansiava por mulheres e riquezas, mas sua tenacidade durante os combates era memorável. A diminuta estatura e o farto bigode ruivo, bem como a reluzente careca e o olho de vidro, apenas ressaltavam o contraste.

Não por acaso, o episódio que lhe rendeu o apelido foi relembrado por dias, meses e ainda por mais tempo, com exageros que só aumentaram sua fama de sujeito obstinado.

O renhido combate já estava ganho. Somente dois marujos haviam ficado para trás, a mando do grande pirata, com a missão de rechaçar as últimas resistências. Dada sua vasta experiência em situações parecidas, Barba Negra imaginava que seus inimigos haveriam de acompanhar o deslocamento do grupo até a praia, quando então, em campo aberto, teriam melhores chances de reaver toda ou pelo menos parte da carga conquistada por eles.

Disparos eram ouvidos ao longe, mas ninguém ali dizia uma palavra. Todos no bando sabiam que bastava seguir o já consagrado padrão de ataque e dificilmente o sucesso lhes escaparia.

Quer dizer, nem todos.

— Marujo? Onde pensa que vai? Morgan!

O grupo ficou estático. Se tal procedimento seria considerado inusitado para qualquer homem do mar, que dirá para um sob o comando de Edward Teach. Estáticos ficaram, estáticos permaneceram, assistindo à inusitada cena: um sujeito de baixa estatura usando as pernas curtas para ziguezaguear em passos rápidos, agachar-se, e então sumir da trilha. Como um siri nervoso.

— Mas esse desgraçado perdeu o juízo? Vocês não saiam daqui! Não se atrevam! — ordenou o capitão, fulo como poucas vezes haviam testemunhado.

Os quatro obedeceram, é claro. Na verdade nem sequer piscaram. Permaneceram abaixados e atentos a qualquer ruído suspeito.

Não muito distante dali, o barulho do cano de metal encostando na têmpora de Morgan chegou primeiro. Logo em seguida a pontada de dor. E então a voz gelada de quem claramente babava ódio.

— Minha única dúvida é se atiro agora ou se te uso depois como agrado aos tubarões...

Todos os seus instintos lhe diziam para girar o corpo e enfiar sua pequena adaga na garganta do sujeito. Não restava outra medida, tampouco uma mais eficaz, para garantir a invulnerabilidade do esconderijo. E então a lucidez falou mais alto.

Mesmo que o capitão estivesse amarrado, enfiado em um barril e embriagado do melhor rum, para qualquer pirata seria tolice enfrentá-lo, e Morgan sabia disso. Não por acaso era conhecido como um dos piratas mais ferozes a singrar por todos os mares. Se não o mais feroz deles. Em cada porto que atracavam, a cada navio que tomavam, na mais remota taberna ou longínquo mercado aborígene, encaravam o capitão como se estivessem frente a frente com o próprio capeta. Existia até mesmo a fama de que o diabo em pessoa tinha simpatia pelo Barba Negra, e o grande pirata não se incomodava, muito pelo contrário, sentia-se lisonjeado com o buchicho.

Portanto, se enfrentá-lo nas condições mais adversas possíveis exigiria do sujeito um atestado de total e completa insensatez, o que dizer tendo-o às costas, com sua pistola dourada pressionando o pé do ouvido?

Morgan sabia bem, as opções possíveis eram somente duas: de tudo se acabar num piscar de olhos, ou de ouvir outro desaforo. Acaso esta última prevalecesse, teria um bom motivo para *comemorar além de continuar vivo; significaria que o ímpeto do capitão estaria se diluindo.*

Optou por continuar mudo, torcendo para que seu silêncio não fosse interpretado como sinal de mero deboche.

O restante de seu corpo, músculos, respiração e acima de tudo o raciocínio, estava atento a outra questão. Logo adiante, a algumas poucas centenas de metros, se muito, inimigos se aproximavam. Pelo silêncio, deduzira que já não podia mais contar com os dois companheiros enviados para retardá-los. Atrás de si e do capitão, a praia e o pequeno barco atracado que os levaria para a segurança. Seria uma questão de dez, talvez quinze minutos até que todos eles estivessem a salvo no deque do Revenge, comemorando mais uma boa investida. E ainda que durante o pequeno percurso fosse preciso olhar para trás a cada dois passos, trocar meia dúzia de tiros e quem sabe até usar suas espadas, jamais precisariam temer uma turba de despreparados como aquela.

O problema, no fundo, era bem outro. Mesmo com tantos motivos favoráveis, Morgan não conseguia aceitar a possibilidade de que estivesse fugindo de alguém. Provavelmente era aquela a diferença entre ele e seu capitão. Enquanto um era teimoso, o outro, astuto.

— Não vai responder, desgraçado? Vai furtar esta tua boca horrenda de dizer os últimos desaforos?

Então Morgan entendeu que poderia dedicar-se a seus reais inimigos e relaxou. Se alguma bala o atingisse, ela não viria de Edward.

Para azar seu, nunca esteve com tanta razão.

O petardo chegou quente, provocando uma sensação de ardência imediata que desceu pelo ombro até percorrer todo o braço direito.

— Pronto, só me faltava essa! Que diabos estamos fazendo aqui? Agora atire, seu animal! Atire que assim terminamos logo com isso!

Meia hora depois, entre comemorações e brindes, ninguém conseguia ignorar os berros desesperados que vinham dos porões, onde funcionava uma pequena e malcheirosa sala de emergência improvisada. Dias se passaram até que um embriagado Morgan ressurgisse em pleno convés. De tanto sangue que perdera, a outrora camisa branca mais parecia de um grená intenso, e seu tapa-olho não passava de um pedaço de couro surrado. Ninguém apostou, como seria comum, mas todos deram por certo que logo beberiam em sua homenagem.

Pois aquele era o segundo e decisivo motivo pelo qual Barba Negra sempre confiava em Morgan para desferir o primeiro tiro: recusava-se a morrer.

— FOGO!

* * *

De onde estava, acomodado em sua poltrona de couro marrom, Tom Gale era capaz de perceber as penumbras do Jardim das Tulherias e ao fundo a Torre Eiffel. Lá fora fazia frio, porém dentro do pequeno estúdio, tanto graças ao Porto quanto ao queijo curado, a temperatura era agradável. As pilhas de livros espalhadas pelo chão de madeira escura e Louis Armstrong interpretando *La Vie en Rose* completavam um cenário bem diferente se comparado com a noite anterior.

Há séculos uma data especial, o solstício de verão retomara patamares de grande evento e confraternização, a ponto de o English Heritage permitir que as pessoas, muitas, passassem a madrugada entre as pedras históricas de Stonehenge.

Deste modo, ainda que a balbúrdia comercial em torno do evento incomodasse, não deixava de ser uma oportunidade rara de se aproximar do famoso círculo de pedras. Além da inconfundível vibração que o lugar lhe causava e da comoção por ser um lugar importante para a arqueologia, também era uma maneira de reverenciar sua infância. Crescera próximo dali, na região de Salisbury, e, mesmo não tendo parentes vivos no lugar, gostava de visitá-lo.

Dentro do saco de dormir, passara a noite protegido do frio cortante por meias grossas, casaco, calça de moletom reforçada por outra mais fina e um par de blusas. O gorro não fora suficiente para resguardar as orelhas, mas nada que alterasse o seu humor.

Logo ao despertar, após outro daqueles sonhos cujo tema não conseguia explicar, o mesmo vigia de vezes anteriores se aproximou para acordá-lo. Imaginou quem fosse antes de abrir os olhos.

Tinha absoluta certeza, em condições normais dificilmente haveria de ter alguém por ali, mas a época não tinha nada de comum. Ao contrário, era aguardada com intensa expectativa por milhares de pessoas. Fazia todo sentido, portanto, que os encarregados de arrumar o que precisasse ser arrumado demostrassem mais impaciência que o habitual.

— Bom dia, acho que você já poderia levantar, não? — perguntou-lhe o senhor, ao qual respondeu com um discreto muxoxo e aceno de cabeça, enquanto já se organizava para ir embora.

Tudo pronto, pela última vez olhou em volta. Era um lugar tão inspirador que pensou em dar um beijo em cada uma das grandes pilastras, mas dali já era possível perceber o movimento do trânsito e achou preferível não abusar da paciência dos encarregados pela segurança. Apenas beijou a palma da mão, encostou-a em um dos monólitos e pôs-se a caminhar. Precisava pegar o trem de volta para casa.

Ao desembarcar na Gare du Nord, logo dirigiu-se até a Escola de Belas-Artes para buscar alguns pertences. Com o encerramento do semestre acadêmico, suas férias mal haviam começado no fim de semana anterior. Em seguida, montado na bicicleta que deixara em sua sala, ouvindo o réquiem de Mozart ao máximo volume pelo mp3, descera a rua des Saints-Pères até a Grenelle, mas em vez de tomar a Ponte do Carrousel e virar à esquerda, na Rivoli, o que em questão de no máximo um minuto o faria chegar em casa, pedalou durante mais duas quadras para alcançar o número 51.

Desde a primeira visita à Barthelémy soube que se tornaria cliente assíduo, arrebatado que foi pelos perfumes e pela incrível variedade de queijos, assim como pela discrição dos atendentes. Até mesmo sua aparência, o porte esguio, a pele muito branca contrastando com cabelos negros e olhos esverdeados, na maioria das vezes notada e de certa forma levada em consideração quando se apresentava a estranhos, ali era solenemente ignorada. Preferia assim. Sua timidez agradecia.

Abastecido com um belo pedaço de parmigiano, logo tomou a rua du Bac em alta velocidade, passando pelo Louvre e abrindo o portão de casa pouco depois.

Um sujeito qualquer tomando aperitivo em sua própria sala não suscitaria suspeitas, caso a cena fosse flagrada por um estranho, mas o momento ali era outro: Tom percorria um ritual. Conversar consigo mesmo era hábito cultivado desde a infância, e não raro os professores mostravam-se inquietos por seu jeito "avoado", inclusive apontando-o como razão para as notas baixas. Ele apenas sorria. Ninguém poderia ser mais atento ao que acontecia em volta.

Já adulto, aperfeiçoara-se em silêncio a tecer juízo sobre as pessoas e toda sorte de assuntos e situações. Inclusive sobre si mesmo. Dedicava horas desfiando seus passos, revendo o que fizera ou deixara de fazer nas mais variadas situações, esmiuçando os melhores caminhos e até as suas falas.

Por vezes era surpreendido, e ao perceberem seus olhares retribuíam com espanto, na certa tomando-o por alguém psicologicamente abalado. Aliás, inúmeras vezes perdera o metrô por esse motivo, e foi então que decidiu adotar a bicicleta como meio de transporte.

Em bares ou restaurantes, nutria predileção pelas mesas no fundo do salão, de onde poderia ter uma visão ampla do lugar sem ser incomodado, perceber os comportamentos vizinhos e até escutar conversas. Quando não era possível, encerrava-se em seus próprios pensamentos. Matutava sobre o futuro, o passado, qualquer coisa. Não raro deixava os estabelecimentos quando já era o último cliente na casa.

Inclusive naquele mesmo instante poderia estar em algum café, entretido com diálogos alheios e intuindo personalidades. Até dramas pessoais de quem estivesse a sua volta. Mas não. Há dias lidava com uma necessidade diversa, ainda que um tanto misteriosa, de concentrar-se em absoluta privacidade. Seria capaz de desenvolver um raciocínio mesmo em meio a um parque de diversões lotado, não havia a menor dúvida, mas o momento pedia novos padrões de comportamento.

Logo após usar uma pequena faca para cortar o queijo em lascas, mordiscando uma delas perto dos lábios como se fosse um apito, deixou-se levar para onde seus pensamentos desejassem.

Viver no mundo das artes sempre fora o seu grande sonho. Desde menino uma paixão que crescera de maneira constante. Assim, pouco antes de se formar, decidira usar o período de férias na faculdade para visitar lugares que apenas conhecia pelos livros. Começou por Londres, depois Paris, Madri e enfim Roma. Um roteiro suficiente para deixá-lo maravilhado.

Logo ao entrar no British Museum e perceber o colossal teto de vidro como uma grande rede aprisionando-o, teve uma forte sensação de vulnerabilidade. E também de incômodo. Sozinho, em meio à estéril elegância do amplo saguão, sentiu vontade de pedir silêncio àquela multidão mal-educada, desinteressada e incapaz de apreciar o ambiente com a reverência necessária.

Passou duas semanas em Londres e visitou o museu quase todos os dias, jamais deixando as salas de exibição antes do horário de fechamento. As esculturas do Partenon de Atenas e a Pedra de Roseta foram as peças que mais o impressionaram.

Não deixou de visitar o Parlamento, conheceu de perto e por dentro cada ponto turístico, mas, como já desconfiava que aconteceria, precisou estabelecer um roteiro especial para museus e galerias da cidade.

Peregrinação idêntica aconteceu em Paris, onde perdeu-se em meio à variedade de exposições. Aquela semana fora fundamental, aliás, para que tomasse a decisão de se mudar para a cidade. Entendeu ali que apenas o cotidiano lhe possibilitaria apreciar tantas pinturas, esculturas e monumentos históricos.

Até mesmo os jardins ganharam sua atenção. Após visitar o Louvre em inúmeras ocasiões, procurando repetir o ritmo adotado no British, era nas Tulherias que ia refletir sobre o que seus olhos haviam apenas testemunhado. Às vezes ia até lá apenas para poder sentar-se em uma das cadeiras de ferro verdes espalhadas e sentir o ambiente enquanto almoçava um sanduíche.

Gostava de lugares à beira da primeira fonte, a preferida de muitas crianças que eram levadas ali por seus pais e se divertiam empurrando barquinhos na água. De costas para o museu, era possível ver a Torre do lado esquerdo, mais ao fundo o obelisco em plena Concorde e ainda tomar conta das disputadas partidas de petanca à direita.

Visitou e dedicou muito tempo ao D'Orsay, assim como ao Pompidou, e procurou vasculhar com cuidado o maior número possível de galerias de arte. Tanto por ali mesmo, na região do jardim, quanto nas proximidades da Champs-Élysées e da Escola de Belas-Artes. As galerias não podiam se comparar com os museus em vários argumentos, porém eram imbatíveis na tranquilidade que proporcionavam ao sujeito para a apreciação de cada obra.

Em Madri elegeu o museu Thyssen como o seu preferido. Conseguiu fazer uma relação com o D'Orsay, pelo tamanho e pela coleção de impressionistas, embora também tivesse dispensado um tempo considerável no Prado e no Reina Sofia por conta da *Guernica*.

Já em Roma, além do Museu do Vaticano, viveu a desconhecida oportunidade de ter uma cidade inteira para explorar. É claro que Londres e Paris também tinham seus monumentos, igrejas e edifícios imperdíveis, mas não existia termo de comparação. Não quando, dentre esses, era possível virar a esquina e dar de cara com uma Fontana di Trevi. Não se a todo momento era possível topar com obeliscos raros, como o localizado na escadaria da Praça de Espanha, ou aquele na Praça Navona. Não, enfim, se de qualquer lugar mais elevado era possível avistar a cúpula da Santa Basílica. E o Coliseu.

Foi graças àquela visita à capital italiana que adquiriu paixão, não apenas pela arte na forma de quadros, mas também por artefatos e monumentos antigos. Após a viagem jamais foi o mesmo. Seu gosto pelas artes e mesmo pela história ganhou tanta importância que logo só pensava em conhecer mais lugares, museus e galerias.

Foram tempos difíceis, não passava de um jovem sem as condições necessárias para viajar quando bem entendesse, e ainda surgia aquela vontade avassaladora de mudar-se para Paris. Não poderia fazer ambos. Jamais um seguido do outro. Optou primeiro pela cidade. Estava convicto; seria sua casa para sempre.

Inscreveu-se na Escola de Belas-Artes, alugou uma quitinete perto da Place des Fêtes e à noite trabalhava em um pequeno bistrô. Acabou fazendo ali um pouco de tudo, exceto cozinhar. Quitava o aluguel, fazia a despesa básica no mercado e economizava o restante para futuras viagens.

Passou os quatro anos do curso dedicado àquele projeto, feliz com a perspectiva de adquirir um conhecimento antes inimaginável. Apenas não contava com as surpresas do destino.

O primeiro choque se deu pouco antes de formar-se, ao ser convidado para a função de professor-auxiliar na disciplina de História da Arte. O segundo, com o falecimento do titular da pasta, um senhor de idade avançada. Dentro de um mês foi efetivado.

Decidiu ali que apenas paixão pelo assunto não seria capaz de fundamentar suas aulas. Precisava fazer as malas o quanto antes. Aproveitando-se que logo iniciaria o período de férias, reuniu todas as suas economias e foi explorar outros mundos.

CAIRO

(memórias)

3

O ASSÉDIO DE GUIAS TURÍSTICOS sempre foi prática comum em cidades abarrotadas de monumentos históricos como Cairo, e perfeitamente compreensível quando o aspecto físico do visitante denuncia uma origem estrangeira. Tom sabia disso, mas logo de cara suas expectativas ganharam contornos dramáticos, quando um dos guias conseguiu alcançá-lo ainda na esteira de bagagens.

O mau pressentimento confirmou-se em seguida, no saguão, quando desistiu de encontrar um táxi e achou melhor refugiar-se na cafeteria local para fugir do cerco armado.

Foi com alívio que percebeu a aproximação de um rapaz tímido oferecendo seus serviços de motorista. De pele clara, nariz adunco, cabelos pretos penteados para o lado e óculos de lentes grossas, o sujeito vestia camisa azul para dentro da calça social cáqui e ganhara sua atenção de imediato, tanto pela postura quanto pela falta de opções. Após caminharem alguns metros em direção ao carro, percebeu que não se tratava de um táxi legalizado, mas não se importou.

Durante o trajeto, não conseguiu conter o espanto. Mesmo em Heliópolis, bairro onde ficava o aeroporto, já era mais do que justificado o seu sentimento de decepção: a cidade apresentava-se caótica além do imaginado. Ainda que levasse em consideração o fato de ser uma capital populosa e em constante convulsão social.

Optara por hospedar-se no bairro de Zamalek, onde estavam reunidas a maioria das embaixadas, em teoria uma região mais segura. Também ali, porém, encontrara um ambiente desanimador, que em nada o incentivara a esperar pelo melhor ao longo de sua visita.

Temia, não pela falta de conforto, a condição das calçadas ou a poda das árvores, embora fosse óbvia a quantidade de folhas e galhos pelas ruas. Inclusive o aspecto dos carros e o caos no trânsito, em si lamentáveis, não constituíam uma grande fonte de preocupação. O problema estava ligado à lógica de que, se as pessoas ali não tinham cuidado com o próprio ambiente em que viviam, e, acima de tudo, se o governo não se mostrava capaz de cuidar de uma simples calçada ou árvore magra ao longo de uma via, em que estado ele encontraria monumentos e museus?

Era bem verdade que as cenas criadas em seus sonhos mais remotos, como percorrer um Saara interminável até deparar-se com as pirâmides, já haviam esmaecido horas antes, quando, ao aproximar-se do aeroporto, o piloto fizera questão de sobrevoar a planície de Gizé, onde há quatro milênios Quéops, Quéfren, Miquerinos e a Esfinge permaneciam majestosas. De cima, pôde constatar a aproximação da cidade; a maneira como as gigantescas estruturas, no fim das contas, acabavam por delimitar uma fronteira. Graças à sanha do turismo, grandes hotéis, prédios e avenidas haviam se aproximado de tal modo que nem os mais românticos conseguiriam preservar o encanto.

Chegara ao pequeno hotel pelo meio da tarde. Apenas deixara a mala no quarto e de pronto rumara para Gizé. Amir, educado acima da média e de todo modo interessado em aumentar o número de corridas, animara-se com a hipótese de levá-lo aos pontos turísticos.

— O senhor precisará comprar ingressos para entrar no complexo e assim terá direito a visitar tanto as pirâmides quanto a *Abu Hol*.
— Quem?
— A Esfinge, senhor.
— Ah, espera, é assim que vocês falam?
— *Abu Hol*... Bem, na verdade, é assim que é.
— Mesmo? E o que significa?
— "A mãe de todos os medos."

Voltaram a ficar em silêncio por alguns instantes. Não só ele desconhecia por completo o árabe como Amir demonstrava severas dificuldades com o inglês. De todo modo ficara constrangido pela sua recente demonstração de ignorância. Apenas voltaram a se falar quando as legendas das placas de trânsito já denunciavam o momento por ele tão esperado.

— Estamos chegando?
— Chegamos.

Não faltaram sinais que justificassem maus presságios desde o desembarque, entretanto nenhum deles o preparou para a visão que teria logo após embicarem no estacionamento anexo ao complexo de Gizé: táxis, ônibus de turismo e camelos enfeitados disputavam espaços com turistas amontoados nas bilheterias. Sem falar nas lanchonetes e nos albergues em volta, bem como nas barracas vendendo quinquilharias ao longo do percurso.

O número de turistas nem era tão grande, mas, somado ao de ambulantes e seguranças, estabelecia um clima de histeria. Histeria e, por que não dizer, até mesmo de profanação. Ainda assim, quando saiu do carro e finalmente avistou a Esfinge, Quéops logo atrás, liderando o trio de pirâmides, por um instante nada foi capaz de empanar sua emoção.

Quantas vezes sonhara com aquele dia?

Bilhetes adquiridos, o seu e o de Amir, logo começaram a caminhar por uma estrada de terra batida em direção aos monumentos. Vez por outra até conseguia desligar-se da balbúrdia, entretanto não era pequeno o número de turistas que, ao contrário dele, mostravam-se ávidos para contentar os mercadores. Em silêncio, amaldiçoava cada um ali incapaz de compreender o significado de um sítio tão especial.

— É sempre assim? — perguntou a Amir.

Preocupado em ladeá-lo para evitar que outro oferecesse seus serviços, o jovem chofer decidira acompanhá-lo de perto e a princípio não entendeu o questionamento.

— Assim como?

— Assim... — repetiu, gesticulando com as duas mãos, fazendo um arco, seu tom demonstrando insatisfação. A conexão foi imediata.

— Ah... sim, sim...

— Mas, você entende o que quero dizer?

— Sim, entendo... é assim mesmo, às vezes até pior.

— Pior? Mas como? — insistiu Tom.

— Mais gente, mais vendedores, mais confusão... — balbuciou em seu parco inglês o motorista.

Voltaram a permanecer em silêncio. Entristecera-se por Amir, talvez seu desconforto fosse ainda maior, afinal estavam em sua casa.

Circundaram a Esfinge e só então conseguiu desligar-se de todo o resto. Ali, de frente para a pirâmide, a poucos passos de encostar em suas pedras, finalmente foi capaz de reencontrar seus sonhos. Tornara-se inevitável não lembrar dos livros e documentários sobre o Egito antigo que devorara quando ainda não imaginava fazer aquela viagem.

E então veio a grande surpresa.

— O senhor vai querer entrar?

Por um momento não entendeu o que Amir queria dizer, entretanto só por um momento. Em seguida veio a incredulidade. *Entrar onde? Na Pirâmide?!*

— Não entendi. Entrar?

— Sim, claro, se o senhor quiser...

— Se eu quiser? Mas... Posso?

— Sim, claro, basta pagar o bilhete específico para entrar nela, aqui tem outra bilheteria e...

Mal podia acreditar. Entraria na Grande Pirâmide? Fizera pesquisas antes da viagem, mas não se lembrava de ter lido tal informação. Quase em estado de transe, pagou pelo bilhete especial e logo começou a subir pelas pedras que formavam a base da colossal estrutura. Outros turistas faziam o mesmo, e ali foi acometido por uma sensação de posse, ciúme incontrolável, vontade de fazer sumir cada um para desfrutar da ocasião como merece. Mas era impossível, e voltou a atenção para seus próprios passos.

Se era capaz de comover-se apenas ao compreender que escalava pedras milenares, ao aproximar-se da passagem que levava à chamada Câmara do Rei precisou conter a emoção. *Não estou acreditando*, pensou.

— Com licença...

— Hã? Pois não...

Entretido com seus devaneios, mal se dera conta de que acabara impedindo a passagem. Ao deixar o caminho livre, percebeu o grande número de pessoas que desejavam entrar e decidiu aguardar um pouco. Seria bobagem exigir privacidade absoluta, mas tentaria escolher um momento melhor. O mais tranquilo possível.

Da face norte da pirâmide, a vista era difusa: além da planície, também a incrível proximidade do Cairo. Como se fosse um monstro ameaçador, prestes a engolir cada um ali, incluindo os próprios monumentos. E também divisava Amir, que parecia compreender sua aflição. Já deveria estar acostumado com turistas comovidos, decididos a aproveitar cada instante com parcimônia.

Prestou atenção nos pormenores da própria pedra em que estava sentado, cujo tamanho impedia que seus pés alcançassem a superfície logo abaixo. Tentou imaginar como deveria ter sido desafiador construir uma estrutura tão colossal em tempos remotos. E enrubesceu na hora. Afinal, não parecia sensato paternalizar uma das culturas mais avançadas de todas. A prova estava literalmente sob seus pés.

Após algum tempo percebeu mais pessoas saindo pela estreita passagem que levava ao interior de Quéops. Ou imaginou perceber. De todo modo, rendeu-se à ansiedade e decidiu entrar. Fazia um dia ensolarado e portanto demorou para acostumar-se à luz artificial. Só então conseguiu enxergar uma longa e íngreme rampa.

O teto ali era muito baixo, e pensou o quanto seria angustiante para visitantes claustrofóbicos. Não era o seu caso, mas até ele se sentiu incomodado no início. Também pela qualidade do ar, mas principalmente pela posição em que o sujeito era obrigado a ficar na hora de subir os improvisados estrados de madeira: agachado, quase engatinhando, jamais com a coluna reta.

Lá pelas tantas, com quase metade do caminho percorrido, o cansaço se agravou, mas foi deixado de lado. Reparava nos detalhes do túnel capazes de transportá-lo para um tempo remoto. Uma tarefa que, no entanto, abriu portas para um drama: a cada degrau, pedaço de corrimão ou lâmpada instalada ao longo do caminho, a certeza de que nada ali restava como antes só fazia aumentar. Como se estivesse dentro de um sonho maravilhoso e alguém o acordasse. Como se tirassem dele a capacidade de imaginar o passado.

Sítios praticamente intocados e acessíveis à visitação não eram uma realidade. E sabia também que o turismo representava uma fatia importante da economia. Não apenas no Egito, mas no mundo inteiro. E que, portanto, o choque entre o purismo dos amantes da história e o imediatismo dos turistas comuns era inevitável. Sabia de tudo aquilo, mas continuava incomodado. Havia nele um sentimento de negação forte a ponto de arruinar momentos únicos.

Então, quando já se encontrava no cume da rampa, pressentiu um instante de sincero arrepio: uma sala vazia, escura, ainda mais taciturna que o próprio caminho até ali. Chegou a duvidar do seu intuito, entretanto só até olhar para a direita e contemplar uma urna alongada. Em granito, poderia muito bem ser confundida com uma *vasca*, não fosse de um formato mais estreito e estivesse dentro de uma pirâmide com quatro mil anos de existência.

— Meu Deus, a câmara do Rei... — sussurrou para si mesmo, enquanto encarava o último endereço dos faraós.

Durante o trajeto de volta ao carro, Tom se deu conta de que a timidez de Amir, acentuada pela dificuldade em falar outro idioma, encobria um sentimento de orgulho pelo seu país.

— Então o senhor gostou?
— Se eu gostei?
— Sim, o senhor está satisfeito?
— Olha...
— O que foi? O senhor não ficou feliz?
— Meu caro Amir — virou-se então para seu guia improvisado, claramente ansioso por uma confirmação —, acabei de viver o momento mais impactante de toda a minha vida.

— Então o senhor gostou! — exclamou o jovem.

Pouco tempo se passou e já circundavam a Praça Tahrir, endereço do Museu do Cairo. Mais uma vez seu alarme interno soou. O cenário não se parecia em nada com o dos melhores museus que visitara, e o próprio edifício não exalava a imponência que seus tesouros mereciam. Muito pelo contrário, misturava-se ao panorama decrépito.

Até que Tom passou pelo detector de metais e foi apresentado a uma capacidade de revolta desconhecida.

Entendeu que não se tratava de estabelecer comparações com o British ou o Louvre, idem para o Prado ou o D'Orsay. Tudo era tão mal arrumado que a princípio não se viu em condições de perceber o espaço entre as obras. E, o que era pior, tampouco havia uma compreensão do público sobre resguardar as ditas-cujas. Nem mesmo se via uma linha demarcada no chão, uma corda que fosse para separar as pessoas do acervo.

Se durante a visita na pirâmide incomodara-se com as modernidades, ali, poderia apostar, a qualquer momento enlouqueceria.

Precisou forçar-se a ignorar sarcófagos milenares e toda sorte de pequenos artefatos que de bom grado passaria o dia inteiro admirando. Tudo para fugir de pessoas se comportando de maneira imprudente ou mesmo encostando nas obras. Forçou-se, mas falhou.

A verdade é que, sim, testemunhara descalabros inomináveis, como casais usando os pés de uma estátua de Ramsés em granito rosa para apoiar crianças de colo. Ou um grupo de jovens segurando com força a proa de uma embarcação antiga. Esta última cena fez com que perdesse a paciência de tal modo que por muito pouco não decidiu confrontar os sujeitos.

Encantou-se com a máscara de Tutankamon, existia uma ala inteira dispensada ao famoso faraó, e a sala das múmias, responsável por resguardar toda a Dinastia Ramsés. Ali, pela necessidade de preservação dos corpos embalsamados, a sensação realmente era de que estava em um importante museu da Europa; vidros grossos protegiam cada múmia, e o ar-condicionado central tornava o ambiente agradável.

Encontrou Amir no horário marcado, e talvez seu semblante tenha induzido o motorista a não perguntar sobre a visita.

Não seria grosseiro e nem precisou, seu conflito mostrara-se evidente.

ATENAS

(memórias)

4

— Mas... nenhum original está aqui.
— Sim, isso eu posso perceber.
— Então o que a senhora está dizendo? Digo, por quê?
— Para causar desconforto. Esse mesmo desconforto que o senhor experimenta agora. O nosso é ainda maior, pode ter certeza, entretanto avaliamos que esta seria a única maneira de provocar um debate sério.
Ele permaneceu calado. Gostava do que ouvia.
— O senhor não calcula o número de pessoas que diariamente fazem essas mesmas perguntas. Todos reagem como o senhor, com igual incredulidade.
— Compreendo. E o que eles alegam?
— Eles quem?
— Falo dos ingleses.
— Ah, *eles*? Bem, alegação razoável não existe nenhuma.
— Não é possível, alguma coisa eles devem dizer.
— E dizem. Argumentam que à época foram autorizados a retirar as esculturas e grande parte do friso.
— Foram autorizados?!? Mas então...
— Calma que agora vem o mais ultrajante. Acontece que à época a Grécia era dominada pelo Império Otomano e, sendo assim, fica a pergunta: que autoridade tinha o governo para permitir o saque de um patrimônio nacional?

Tom ficou em silêncio. A explicação continuou.

— Também dizem, ou pelo menos diziam, que se não fosse por eles todas essas relíquias já teriam sido traficadas. Quem sabe até mesmo destruídas. Alegam que, se hoje estão expostas em segurança e disponíveis ao grande público, é graças a eles. Acreditam mesmo que fizeram um grande favor à humanidade.

— E não faz sentido?

— Mesmo considerando o transporte ilegal das peças? Talvez, para quem durante anos sustentou o argumento em favor de uma causa pretensamente maior, mas fica difícil bancar tal justificativa hoje em dia, com este que sem dúvida já é um dos mais modernos e bonitos museus do mundo. Na realidade já não existe desculpa para manter fora da Grécia tão importantes tesouros.

— Claro, claro, concordo...

E de fato concordava, apenas fizera aquelas perguntas a título de provocação, para medir o genuíno aborrecimento da diretora do museu, seu orgulho em defender a história do próprio país e, é claro, sua gana em criticar o tráfico de obras de arte.

— Muito obrigado pelo seu tempo, viu? Continuarei a minha visita por aqui.

— Não há de que, se tiver mais dúvidas, basta chamar.

Como uma caixa de vidro suspensa aos pés da Acrópole, reluzindo em contraste com prédios e casas em seu entorno, o museu chamava atenção como poucos que havia conhecido. Uma vez dentro dele, tanto a arquitetura quanto o paisagismo impressionavam.

A enorme quantidade de vidro utilizada, por exemplo, não proporcionava apenas uma vista única para a Acrópole, mas também para as escavações realizadas para a construção do edifício. Graças a ela, até mesmo olhar para baixo permitia ao visitante contemplar artefatos antigos, talheres, cerâmicas: as fundações da Antiga Atenas.

De fato, o argumento de que os gregos não tinham condições de manter em segurança peças históricas importantes para a humanidade já não fazia sentido algum. Bem ao contrário, aquele museu tinha todas as condições de abrigar qualquer obra, por relevante ou valiosa que fosse. Além do que, o episódio envolvendo os "mármores de Elgin", quando em 1806 o Lorde de Elgin levou para Londres mais da metade do friso do Partenon, não só era revoltante como merecedor de ser contestado por qualquer apaixonado por arte. Entretanto, embora já tivesse visitado o Bristish Museum algumas vezes, e em todas dispensado um tempo considerável contemplando as referidas peças, admitiu, encabulado, que nunca ficara incomodado o suficiente a ponto de perder o sono.

Deixou o museu e caminhou de volta ao bairro de Plaka, onde além do Parlamento e de seu modesto albergue, também era possível encontrar uma grande variedade de restaurantes especializados em pratos típicos. Então, após caminhar por vielas e titubear algumas vezes, decidiu-se pelo Daphne's, localizado no fim de uma rua charmosa com vista para a Acrópole.

A casa oferecia varanda e àquela altura ainda estava vazia, entretanto preferiu uma mesa na parte de dentro, mais sossegada, ideal para colocar o pensamento em ordem.

Chegou a esboçar um sorriso pela ironia de ser obrigado a escolher entre hábitos tão caros para ele e ao mesmo tempo excludentes: deixar-se absorver por culturas diferentes a ponto de ignorar por completo o que acontecia em volta.

A refeição, um ensopado de carne com cebolas acompanhado de vinho e um pedaço de pão, não levou muito tempo. Quando retomou a caminhada de volta ao hotel, não pôde deixar de olhar para o Partenon e imaginar os ingleses que durante um longo período depredaram e mutilaram obras inestimáveis. *Mas como foram capazes?*, questionou-se.

Descobriu depois, interpelando mais uma vez a diretora do museu, que o trabalho de recolher as peças e levá-las para a Inglaterra durara quase um ano, e que muitas das estátuas haviam sido serradas ao meio para facilitar o transporte. Não bastasse isto, uma grande tempestade ainda causou o naufrágio de dois navios que as transportavam; muitas só foram recuperadas tempos depois.

Já de volta ao hotel, sentia-se exausto. Houvesse passado por um dia normal, de diversão leve e descobertas triviais, o cansaço seria apenas físico. Entretanto, o caso ali era bem diferente. Mesmo se estivesse hospedado no melhor hotel da cidade, um que oferecesse não apenas conforto, mas toda sorte de requintes, ainda assim acordaria pensando naquele relato em tom de desabafo. Uma reação com total razão de ser, levando-se em conta o assalto histórico sofrido pela cidade de Atenas.

No dia seguinte, como já esperava, acordou tarde por conta do desgaste, e seu café da manhã confundiu-se com o horário do almoço. Acabou optando por um sanduíche de falafel acompanhado de batatas fritas e iogurte em uma barraca perto do hotel. Não queria perder muito tempo escolhendo entre restaurantes.

Enquanto estava na fila esperando para ser atendido, não pôde deixar de ouvir aquele diálogo.

— Não sei mais o que fazer, estou procurando como nunca e nada aparece...

— E eu? Minha situação está desesperadora, são dois filhos pequenos, além da casa e do carro.

— Parece que teremos outro protesto grande na Syntagma, passei por lá agora e fiquei impressionado com a quantidade de policiais.

— Sabe de uma coisa? Não quero defender ninguém, muito menos defenderia este governo corrupto, mas acho que todos temos muita culpa na atual situação. Cheguei a ter mais de vinte cartões de crédito, gastei como se fosse rico.

— Sim, concordo. Também foi o meu caso, e conheço vários amigos que agiram da mesma forma.

O diálogo continuou, mas ele não ficou para ouvir o resto. Desceu a rua Mitropoleos em direção à praça Syntagma esquivando-se das pessoas com a mesma desenvoltura com que pretendia fugir de seus próprios pensamentos. Ao passar pelo meio da praça, enquanto dava as últimas mordidas no sanduíche, pôde observar com clareza a disposição dos policiais de um lado e a massa que começava a se avolumar do outro. Ambos os grupos ignorados por homens e mulheres que entravam e saíam do metrô.

Entendeu ali o quanto a crise era grave e se perguntou até que ponto o discurso nacionalista que ouvira no museu não estava contaminado pelo ambiente. E também se fazia sentido elucubrar sobre a arte quando até mesmo a própria subsistência corria riscos.

Afinal, o quão fútil poderia parecer sua irritação com o desleixo alheio pela própria história, dadas as circunstâncias? Quem era ele para atestar as prioridades alheias? Além do mais, não podia deixar de admitir, por mais incríveis e seculares que as obras fossem, por mais que defendesse a importância em respeitar suas origens, a grande maioria delas estava muito bem preservada em museus de excelência mundo afora.

De todo modo, não levou muito tempo desfiando aquele raciocínio. Ora essa, por qual motivo questões importantes, como a preservação da arte e da cultura, precisavam ser excludentes quando confrontadas a outras?

Sobreviver com um mínimo de dignidade era fundamental, mas considerar natural tal desdém não lhe parecia nada razoável. Tampouco relativizar crimes contra a humanidade, saques, depredações e a mercantilização despudorada de bens inestimáveis como acontecera na Acrópole.

Cruzou toda a esplanada, virou à esquerda na pequena rua Othonos e logo estava na larga avenida LeoforosVasilissis. Margeou o Jardim Nacional sem pressa, ao seu lado os carros passavam em alta velocidade, nos dois sentidos. Durante o percurso, buscou chegar a uma conclusão sobre Atenas.

Não se parecia em nada com a cidade que idealizara graças aos livros de história antiga lidos e relidos desde a adolescência. Muito pelo contrário, o cenário era tão decepcionante quanto na maioria das capitais europeias, de uma cidade decadente, suja e insegura. Pensando bem, levando-se em conta a enormidade de belezas históricas que permaneciam empanadas por tanto descaso, talvez ainda pior.

Então, dali mesmo, margeando o grande jardim, foi capaz de avistar detalhes do Templo de Zeus Olímpico e confirmar como os gregos não haviam sido capazes de lidar com sua magnífica herança. Por outro lado, compreendia a impossibilidade de transportarem todas as peças e ruínas para museus. Fazia parte da experiência perambular pelos sítios históricos e imaginar seus períodos de apogeu. De todo modo, como ignorar o trânsito caótico tão próximo?

Para seu alívio, encontrou a passagem principal que levava ao Templo pelo meio do jardim e ficou grato em constatar como o túnel de árvores e a vegetação afastavam o barulho das buzinas até emudecê-las por completo. Quando o espaço se descortinou, apresentando as pilastras enormes, uma dúzia delas quebradas sobre um grande platô, percebeu ainda por cima o Arco de Adriano ao fundo.

Deteve-se por um instante, olhou em volta e suspirou. Havia pouquíssimos turistas por perto. Permaneceu bem algumas horas ali, aproveitando-se das sombras criadas por um grupo de árvores enfileiradas, tentando imaginar como se dera a construção do templo e a transformação do lugar ao longo dos séculos.

Tratava-se de um ambiente deslumbrante, mas não deixava de ser melancólico constatar que a Atenas dos filósofos, capital da Grécia Antiga e berço da civilização moderna, não vencera o tempo como deveria. Que, se para ele os espaços e monumentos dissipavam auras mágicas, aquilo estava mais ligado a sua capacidade de encanto. E que, por mais puro e bem-intencionado, seu sentimento estava temporal e irremediavelmente atrasado.

Dadas as idas e vindas de seus pensamentos, era inevitável sentir-se confuso. Buscava clareá-los, mas se deparava com o autoboicote.

No caminho de volta, ao aproximar-se da praça Syntagma, pôde ouvir estouros de bombas, sirenes de carros de polícia e o alarido da massa, no entanto não conseguiu ficar assustado.

Em sua cabeça só havia espaço para incertezas.

JERUSALÉM E PETRA

(memórias)

5

TOM NÃO SE LEMBRAVA DE ter desejado visitar Jerusalém antes, porém achou razoável conhecer a cidade quando se viu explorando países vizinhos. Muito de sua implicância estava relacionada com o peso religioso do lugar, mas ali a fé se confundia com a própria história. De resto, se o passado era relevante a ponto de influenciar o mundo das artes, aí mesmo não faria sentido deixar de conhecer uma cidade assim.

Logo ao desembarcar em Tel Aviv, quase se arrependeu, tamanha foi a demora para verificarem seu passaporte e a rudeza dos funcionários da segurança no Aeroporto Ben Gurion. Tudo resolvido, assim que deixou o desembarque tratou de pegar um táxi em direção àquela desde sempre tida como cidade fundamental para cristãos, judeus e árabes.

Já havia se informado sobre a proximidade entre a capital de Israel e Jerusalém, entretanto não deixara de se surpreender com o pouco tempo que levara do desembarque até o saguão do hotel: quarenta e cinco minutos por uma rodovia com seis pistas pela região da Judeia. A janela do seu quarto dava para os muros da Cidade Antiga e a Cúpula da Rocha ao fundo, visão esta que acabou impondo uma autocensura: como demorou tanto para visitar aquele lugar?

Deixando seu hotel — um prédio enorme, abarrotado de quartos, salões e corredores que, se por um lado agradavam pela impessoalidade, por outro constrangiam pela cafonice —, virou à esquerda e em no máximo dez minutos já se deparava com os muros da Cidade Antiga. Fez questão de se informar nos mínimos detalhes e soube que na prática se tratava de uma fortaleza dividida em quatro bairros, cada um deles ocupado por muçulmanos, judeus, cristãos e armênios. Uma divisão não apenas étnica, mas compreensivelmente calcada na fé, que resguardava o Santo Sepulcro, a Via Crucis e o Calvário, no lado cristão; a Mesquita Al-Aqsa e a Cúpula da Rocha, na parte muçulmana; o Monte do Templo e o Muro das Lamentações, na porção judaica da cidade.

Dos oito portões que a circundavam, Jafa, Herodes, Nova, Leões, Dourado, Detritos, Sião e o de Damasco, este último era o mais próximo, e foi por ele que entrou. Estreitas, as vielas seculares ainda por cima estavam lotadas. Comerciantes e turistas dividiam espaço com os locais, sem falar nos ortodoxos de toda sorte. Atarantado e sem saber ao certo por onde começar, decidiu visitar o primeiro negócio que encontrou. Seria uma maneira descompromissada de aplacar a excitação, pensou, porém logo mudou de ideia quando se deu conta de que a diminuta loja era na verdade um antiquário.

Ficou por ali durante um tempo e foi inevitável alimentar esperanças de encontrar objetos que dialogassem com suas expectativas. Contudo, ao olhar de perto um colar à venda como se fosse peça antiga, já sendo capaz de imaginá-lo adornando o colo de uma mulher remota, decepcionou-se. Foi avisado que a joia era no fundo uma montagem recente.

— Vocês têm um cartão? — perguntou para a atendente. Não queria passar por mal-educado.

— Como? — respondeu uma senhora de cabelos brancos, presos em um longo rabo de cavalo. Olhava para ele por cima das grossas lentes. Um olhar desinteressado, quase irritadiço.

Só então Tom percebeu que interrompera a confecção de outra pretensa joia rara.

— Um cartão, é que acabei de chegar e tenho medo de não conseguir encontrar a loja de novo, não sem uma referência.

— Ah, o senhor quer uma referência? — a pergunta, em tom explicitamente irônico, seguida de um riso condescendente, vinha do fundo da loja. Sem que nem mesmo a tal senhora estivesse esperando.

Quando ambos viraram-se, um homem de meia-idade já caminhava em sua direção. Na certa era íntimo da mulher, quem sabe até mesmo filho, de todo modo confortável o suficiente para, ainda entre sorrisos, fazer a pergunta mais constrangedora possível.

— O senhor poderia vir aqui comigo um instante? Vou lhe mostrar o porquê da nossa reação ao seu pedido por um cartão... Está vendo ali? — perguntou.

Ambos já estavam na entrada da loja, e o sujeito sinalizava em direção a um enorme medalhão de ferro sobre a parede da via. Nele, incrustado, era impossível deixar de perceber um "VI".

— Sim, estou... — respondeu Tom, relutante, quase temendo pela explicação.

O sujeito se mostrou impaciente.

— O senhor realmente não reconhece o significado daquele número?

— Número? — indagou ele, para em seguida sentir-se um completo tolo.

— E então? Conseguiu? — insistiu o outro, percebendo a surpresa em seu semblante.

— Muito obrigado, viu? E me desculpe — retrucou Tom, constrangido, quase sem olhar para o homem, logo em seguida virando as costas e saindo.

— Ora, não há de que, tenha uma boa visita! — ainda pôde ouvir.

Precisava reconhecer sua vergonha. Como poderia ter demonstrado tanta ignorância? Considerando onde estava, o "VI" não apenas era um sinal, mas um par de algarismos romanos! E mesmo que perdesse completamente o juízo por um breve momento, ainda assim poderia ter recorrido à imagem daquelas senhoras rezando ajoelhadas embaixo do medalhão. Segundo a Bíblia, precisamente ali Verônica enxugara o rosto ensanguentado de Jesus com um pano, no qual teriam ficado impressas as suas feições.

Para céticos como ele, tudo era de uma mitologia difícil de ser digerida. Mesmo sobre a localização em si — estudos indicavam que o traçado original da Via Dolorosa perdera-se no tempo, bem antes da procissão em homenagem a Jesus ter sido instituída, já no século XV.

Outras tantas alterações determinadas pela Igreja poderiam ser contestadas, assim como havia senões importantes em relação ao Muro das Lamentações e à tumba de David, mas a verdade é que nada daquilo vinha ao caso ou justificava o que acabara de acontecer. Fé à parte, o local continuava sendo especial, merecedor de sua visita e jamais da sua falta de conhecimento.

Nos dias seguintes, retornou com frequência à cidade murada, visitou o Santo Sepulcro e o Muro das Lamentações, sem deixar de se encantar com a mistura de pessoas, etnias e crenças. Igualmente não deixou de experimentar pães, pastas e azeites de rara qualidade, difícil de serem encontrados perto de casa por um preço tão acessível. Passou uma semana inteira em Jerusalém. Visitou inclusive a Cisjordânia, parte da viagem que o obrigou a mais uma vez questionar seus motivos.

Então, no último dia, ainda de madrugada, pegou um táxi de volta a Tel Aviv. Mais precisamente para o pequeno aeroporto Dov Hoz. De tão ansioso, calculou errado e acabou tendo de esperar por horas até embarcar rumo ao balneário de Eilat, no sul do país. Uma vez em solo, seguiu em ônibus direto para a fronteira com a Jordânia, na região de Arabá, onde lhe foi concedido o visto de permanência por três dias.

Da fronteira até o vale que levaria a Petra, viajou por cerca de duas horas em um inevitável ônibus de turismo cujo aspecto não inspirava muitos elogios nos demais passageiros, pelo que pôde entreouvir. Até tinham razão, mas admiti-lo não era nada fácil, com a maioria ali se encaixando no estereótipo que tanto desprezava. Aquela era uma gente preocupada com conforto e em tornar suas experiências o mais ordinárias possível. Inclusive ficou secretamente feliz com a pouca comodidade proporcionada pelo guia.

Tom buscou um assento no fundo onde pudesse ficar sozinho e, uma vez acomodado, tratou de paquerar o deserto de Aqaba através de sua empoeirada janela. A vastidão rochosa mais parecia sublinhar a alta temperatura e o tom avermelhado predominante. Imaginou como o deserto mudara pouco com o passar do tempo, assim como o sem-número de travessias, quem sabe até de batalhas vividas ali. *Só mesmo a ausência de gente pode permitir a verdadeira preservação*, chegou a pensar, antes de se ver forçado a abandonar os devaneios, logo quando começaram a se aproximar de Wadi Musa.

Perceber a enormidade de hotéis, muitos deles de grandes cadeias, e a alegria que suas silhuetas provocaram nos demais passageiros irritou-o de forma até para ele inesperada. Durante a única parada que fizeram, engolira sem vontade um sanduíche de presunto com queijo. Desejava apenas visitar Petra o quanto antes.

De modo a não repetir o mesmo erro cometido no início de suas visitas à Cidade Antiga, pesquisara o máximo possível a respeito da Câmara do Tesouro, sobre o anfiteatro, as habitações encravadas nas rochas e tudo que envolvesse o lugar. Sentia-se confiante, excitado pela oportunidade e seguro de que não seria surpreendido; entretanto, logo na entrada do cânion que levaria à cidade, teve de reconhecer sua inocência.

O ônibus parou relativamente perto da entrada, e ele fez questão de ser um dos primeiros a saltar. Desceu pelo vale em um ritmo que denunciava muito bem seu espírito, às vezes acelerando o passo, em outras retardando-o de modo a experimentar com toda a calma possível as paredes vermelhas que se descortinavam pelo caminho. E como eram espetaculares os rochedos que ladeavam os visitantes durante o trajeto! Altos e ao mesmo tempo estreitos, desenhavam formas a cada instante mais bonitas e curiosas. Quanto às cores, o que dizer? Uma variedade de matizes, a depender da luz que incidia ou do relevo na parede, impossível de definir.

— Atenção! Atenção! — bradou atrás dele o guia turístico, desgraçadamente antecipando um momento que talvez fosse melhor de ser gozado como fator surpresa. Ainda assim, emocionou-se de imediato: o último trecho do vale abriu-se, e então ficaram de frente para a Câmara do Tesouro.

Seus olhos encheram-se de lágrimas imediatamente. Muitas outras cidades e sítios arqueológicos seriam capazes de emocioná-lo, sabia bem, porém nada, de forma alguma, chegaria aos pés daquele cenário.

ISTAMBUL

(memórias)

6

ALGO NÃO PARECIA DIREITO, e Tom até demorou a entender o que era: os vidros escuros do táxi esmaeciam as mesquitas e os minaretes de Sultanahmet. Ao se dar conta, imediatamente tratou de baixar sua janela para contemplar a cidade e permitir-se uma lufada de ar fresco no rosto. Já era tarde da noite, sentia-se exausto, estava faminto e louco por um banho. Após dar entrada no hotel, chegou a cogitar um rápido passeio, mas achou melhor repousar para poder iniciar suas explorações com a devida atenção no dia seguinte. Quanto ao jantar, chegou a imaginar um prato típico, entretanto, por conta da hora, só conseguiu espeto de carne com batatas fritas no restaurante do albergue em que se hospedou. Foi voltar para o quarto e mal teve tempo de tirar a roupa antes de mergulhar em sono profundo.

— Olá? Bom dia, o senhor poderia me ajudar? Olhando aqui para o mapa, além das mesquitas e do Grande Bazar, onde recomendaria uma visita?

De forma alguma modificara sua preferência por conhecer novas paragens sem roteiros predeterminados. Bem ao contrário, considerava planejamentos muito detalhados o que de mais prejudicial poderia existir se buscar conhecimento era o objetivo maior. Ao traçar um calendário fechado, o sujeito seria obrigado a descartar uma série de outras possibilidades, e portanto ficaria tolhido de vivê-las.

No fundo, quase desejava manter certo grau de ignorância. Sentia como se apenas a falta de conhecimento pudesse garantir frisson ao desvendar novos sítios, uma sensação que imaginava como fundamental para manter e conquistar novos admiradores da história e do belo. Ironia das ironias, residia ali o grande perigo: era justo daquela falta de conhecimento que poderiam surgir os visitantes ordinários, propensos ao turismo predatório que tanto passara a abominar.

A premissa de que cidades culturalmente ligadas à fé eram lugares especiais em termos históricos e artísticos não havia mudado. Assim como a impressão de que nelas o conhecimento permanecia relegado a um patamar inferior. Satisfazer as multidões dispostas a consumir todo tipo de mercadorias e pacotes turísticos possíveis era a prioridade absoluta. Não conhecia uma única cidade com sítios religiosos importantes que fugisse àquela regra.

Para seu desprazer, o atendente do hotel não fora capaz de fornecer dicas de lugares que já não houvesse pesquisado, e, sendo assim, logo cedo dirigiu-se para a Mesquita Azul.

O frio e a chuva fina insistente combinavam com a sua desesperança. Um mau humor vinha crescendo desde as viagens anteriores, pelos maus cuidados em alguns casos e explícitos episódios de saques históricos em outros.

Pois finalmente se surpreendeu.

Do lado de fora, ainda no pátio que circundava a gigantesca estrutura, teve dificuldade para reconhecer a atmosfera que envolvia o lugar. Só quando pediram que retirasse o tênis antes de entrar no grande salão ficou implícito que reverenciar o ambiente não era uma escolha.

Aprovou tanto a medida que a invejou secretamente. E pouco importava seu ateísmo, ficava incomodado só de pensar na horda que abarrotava igrejas importantes, e até catedrais, vestida de maneira imprópria.

Por fim, como seria capaz de algum dia descrever o impacto visual no interior da Mesquita, seus tapetes e candelabros? De fato sentiu-se à vontade, com uma necessidade ainda maior de ser respeitoso e atento aos detalhes estéticos, mas nada se comparou, entretanto, ao momento em que deixou o lugar.

— Oi, tudo bem? Por favor, onde encontro a loja de presentes?

— Loja de presentes?

— Isso, para comprar lembranças, você sabe, camisas, chaveiros e cartões-postais.

— Lamento, mas não temos esse tipo de loja aqui.

— Como assim? Aqui onde? Istambul?

— Não, senhor, por toda a cidade o senhor encontrará esse tipo de negócio, apenas não aqui.

Não estava nem um pouco interessado em comprar lembranças, travara o diálogo com o senhor designado a guardar os sapatos apenas por precaução.

Percebeu logo de cara a diferença na atmosfera do ambiente, entretanto só aos poucos se deu conta da ausência absoluta de negócios em torno da histórica construção. Detestaria se, caso contrário, pululassem negócios por ali. Como se ela fosse uma brinquedo famoso dentro de um parque de diversões.

Além de ter sido obrigado a ficar de meias para pisar no interior da nave, constatar que não existia qualquer tentativa de mercantilizar a fé por parte dos religiosos não deixou de ser uma bela surpresa.

Como o próprio funcionário alertara, Tom não teve dificuldade em encontrar objetos inspirados em símbolos da cidade sendo comercializados por toda parte.

Ainda assim, a situação ali, se comparada com a das grandes capitais europeias, era outra. De certa forma acabava selecionando quem de fato se importava em respeitar os sítios mais importantes, proporcionando ambientes mais austeros.

Ao longo daquele dia visitou a Mesquita Santa Sofia, atravessou o Bósforo e subiu até o topo da Torre Galata, sem nem por um instante deixar de pensar naquela conversa. *Como uma postura assim não é seguida por todos os lugares sacros?*, perguntou-se.

Durante a semana conheceu outras mesquitas e terminou por eleger a majestosa Süleymaniye como sua preferida. Também aventurou-se em seculares casas de banho e adquiriu o hábito de tomar chá ao final da tarde, nas imediações do Grande Bazar. Encontrara toda sorte de cartões-postais, camisas, chaveiros e penduricalhos com vários motivos, mas aquilo até ele poderia suportar. Ao menos tratava-se de um ultraje organizado.

Terminou o dia visitando o Palácio Topkapi, à beira do Bósforo. O número de turistas era tão grande, e o clima tão festivo, com vários deles esparramando-se pelos jardins da antiga habitação real, que nem mesmo fora capaz de nutrir o desconforto habitual. Os cenários eram lindos, sem dúvida, mas, do ponto de vista de alguém exigente como ele, estéreis.

Iniciou o caminho de volta a pé. O céu já começava a desbotar, e descer pela praça Taksim até Sultanahmet parecia uma boa ideia. De resto, naquela zona encontravam-se várias galerias de arte locais, e talvez encontrasse itens interessantes.

Mas o objeto que chamou a sua atenção não estava em nenhuma delas.

Ao avistar a pequena loja, titubeou. Seria um antiquário ou somente comerciavam ali lembranças sem nenhum valor histórico? Ainda se fazia muito presente o desgosto pelo insosso Topkapi, não tinha certeza se gostaria de experimentar mais uma decepção. Por outro lado, não se lembrava da última vez em que passara pela porta de um antiquário, nem mesmo dos melhores, e dera de cara com algo tão inusitado.

— Olá, boa noite, vocês estão abertos? — perguntou, ainda com o corpo do lado de fora, apenas enfiando a cabeça pela entrada e despertando assim o olhar aparvalhado de um senhorzinho quase escondido atrás do balcão.

— Estamos abertos — foi tudo o que obteve como resposta.

Em ocasiões anteriores, atitudes como aquela foram suficientes para que ele desistisse da visita e saísse sem dizer uma palavra, mas aquela caixa metálica amassada e enferrujada só poderia ter algo de diferente. Estava escondida em meio a livros sobre Istambul e bonecos antigos, parecia um objeto tão sem sentido que tomou para si a obrigação de verificar sua utilidade.

Ao entrar na loja foi direto até ela.

— Posso olhar aqui? — perguntou, dessa vez sem nutrir qualquer esperança por uma resposta completa.

— Pode — resmungou o soturno indivíduo.

O que mais havia chamado sua atenção eram os desenhos em dourado no tampo. Desenhos que lembravam uma caixa de biscoitos, se não idêntica, muito parecida com uma que adotara quando era pequeno, para guardar brinquedos e revistas em quadrinhos. Qual seria a utilidade daquela? Por mais malconservada que estivesse, não poderia ser considerada antiga. Não o suficiente para fazer parte do acervo na loja.

— Desculpe-me, mas será que eu poderia...

— Sinta-se à vontade — retrucou o velho antes mesmo que ele terminasse a pergunta. E o fez sem nem mesmo dignar-se a cruzar seu olhar, em seguida virando o rosto.

Como se estivesse implorando para que não lhe fizessem mais perguntas tolas.

Pois finalmente Tom abriu a caixa. E o que viu fez seu coração disparar.

Arrumados, até de maneira organizada, dada a sua quantidade, estavam cartões-postais antigos. Cada um deles com imagens antigas do Hipódromo, as mesquitas Azul, Sofia e Süleymaniye, o Grande Bazar e todos os principais pontos turísticos de Istambul. A maioria em preto e branco, com uma pequena rubrica no canto direito.

— "Constantinopla, 1927" — sussurrou ele, quase solene.

Quando levantou o olhar, visivelmente comovido, encontrou o do senhor, já de pé, como que esperando por uma reação. Fizeram as pazes sem dizer uma palavra.

Retornou ao hotel consciente, e não apenas incomodado de que tudo estava errado. Caso não fosse verdade, como teria sido capaz de ignorar uma Taksim em polvorosa e sentir saudades de um tempo distante, que nem sequer viveu? Como teria conseguido emocionar-se só de ler o nome anterior ao de Istambul?

No dia seguinte visitou o mercado egípcio de especiarias. Não ficava muito distante do Grande Bazar, mas era menos vazio. E sentiu pena de si mesmo.

Gostaria de ter aproveitado mais a viagem. De ter passeado ali e em todas as outras visitas de maneira leve e descompromissada. Assim, quem sabe, aproveitaria melhor lugares como aquele, repletos história e curiosidades locais.

E, no entanto, já não sabia mais como se divorciar de sua obsessão.

BERLIM

(memórias)

7

— É GRAÇAS A ESTE MAGNÍFICO esforço, descomunal até para os padrões atuais, que hoje somos capazes de contemplar tamanha beleza. Reparem neste tom de azul, nos detalhes dos chifres em cada auroque e mesmo no brilho que incide a cor dourada.

Para sua desgraça, justo quando tentava perceber detalhes da magnífica Porta de Ishtar e sua via processional, e quem sabe até em transportar seus pensamentos para a remota Babilônia de Nabucodonosor, começou aquela saraivada de observações sem pé nem cabeça. Bem que tentou evitar, buscou concentrar-se nos detalhes, mas foi impossível.

Eram tantas imprecisões, mentiras e desaforos históricos que conseguiu se surpreender com o próprio ranger de dentes. Ainda por cima a sujeita alardeava as barbaridades em voz alta, com pausas planejadas para causar efeito no grupo de beócios que, como tantos outros, aglomerava-se em torno de pretensos conhecedores em busca de gorjetas.

Como não havia outra saída, desistiu de forçar a imaginação e levantou a cabeça para comprovar a sua teoria. De fato, como deduzira, a voz que alardeava despropósitos pelos corredores vinha de uma jovem. E jovem para dizer o mínimo. Dada a sua aparência, a baixa estatura, os cabelos soltos e os óculos de armação dourada, sem falar na camisa abotoada até o final, o suéter cinza e a longa saia azul-clara, talvez ainda cursasse a faculdade. Jamais entenderia como as pessoas se deixavam levar pela proposta de perderem tempo e dinheiro em troca de informações, na melhor das hipóteses, incompletas.

Tratou de respirar fundo e distanciou-se o máximo possível do grupo na tentativa de retomar sua visita. Mas foi inútil. E a fonte do descompasso já não tinha mais a ver com as estapafúrdias explanações.

Quer dizer, embora fosse indiscutível o fato de que haviam conseguido acabar com um estado de deslumbramento que poucas vezes experimentara, já no fim da via processional o incômodo passou a ser outro: enquanto os vários leões, dragões e auroques em dourado seduziam, todos gravados em azulejos de um azul indefinível, era chocante a ideia de que todas aquelas peças, uma a uma, tivessem sido transportadas de seu lugar natural.

Um trabalho impecável, precisava admitir, mas que ao mesmo tempo o enfurecia. No fundo, não passava de outra pilhagem destinada a abastecer um grande museu europeu.

O Portão do Mercado de Mileto e o Altar de Pérgamo provocaram o idêntico efeito: encanto e incômodo, euforia e frustração, gratidão e revolta. Era ótimo poder contemplar tantos cenários, mas algo não fazia sentido.

De onde estava, por exemplo, na escadaria do Altar, avistou um grupo de turistas caindo na gargalhada enquanto um deles falava ao telefone. Todos usavam boné, bermuda e tênis. Custava terem um mínimo de bom senso na hora de se vestir? Precisavam, justo ali, contar piadas e até planejar a cerveja que tomariam em seguida, como chegara a ouvir? E se, em vez de usarem a esplêndida escadaria como mero posto para repouso, tentassem imaginar as situações vividas naqueles degraus?

Reconhecia o fato de que para muitos seus argumentos não fariam sentido, embora para ele fossem óbvios. Tão óbvios a ponto de incomodar.

Toda em mármore branco, a escadaria estava situada em meio a uma base retangular ampla e ladeada por um pódio de cada lado. Como braços defendendo o altar. Foi impossível não se lembrar dos Mármores de Elgin, também eles retirados de seu sítio original. Na verdade tudo conspirava para o recrudescimento do desgosto. Uma sensação de injustiça a cada instante mais insuportável.

Conseguiu permanecer por mais alguns minutos, em dúvida se deveria ou não ignorar o ambiente e seguir a visita para outras partes do museu. Gostaria de poder voltar à Porta de Ishtar e averiguar cada detalhe com a devida calma, assim como dispensar o devido apreço ao Portão do Mercado de Mileto, porém foi incapaz.

Deixou o edifício passando direto pelo Novo e pelo Antigo museus. Trataria de visitá-los em outro momento. E o mesmo se deu com a Galeria Nacional e o Museu Bode, dedicado à arte bizantina.

Precisava respirar. Mudar um pouco de ambiente para, de uma vez por todas, entender o que estava acontecendo. Se de fato havia perdido por completo a capacidade de deslumbrar-se com monumentos únicos e a história em si, devido a aspectos irreversíveis como o comportamento das pessoas e a evolução do turismo.

Ao chegar à estação Friedrichstrasse, desceu pelas escadarias e pegou o metrô em direção ao bairro de Schöneberg, sul da cidade. Sentia que precisava de um ambiente sossegado, onde pudesse esmiuçar suas aflições sem os tormentos que lhe causavam as multidões.

O café BilderBuch não era badalado e tampouco servia sanduíches especiais, embora oferecesse um cardápio digno. Na verdade, era um arremedo de antiquário com arroubos de bistrô, e sua mobília poderia ser adquirida por qualquer um. Desde os abajures aos sofás, passando por poltronas, cadeiras e mesas de centro. Um ambiente despretensioso, capaz de oferecer tranquilidade, era tudo o que mais desejava para colocar a cabeça em ordem.

De suas viagens mais recentes, talvez Berlim fosse o lugar que melhor lidasse com a arte. Não que os museus e galerias não seguissem o mesmo padrão perverso das grandes cidades, mas o público era menos desaforado, mais respeitador e interessado em preservar o que precisava ser preservado.

Apresentava-se ali um dilema: a postura do público deveria influenciar em sua estratégia? Não seria, de certa forma, punir quem não merecia?

A dúvida demorou menos do que seu chá de menta.

Se o público fosse de fato especial, então estaria do seu lado.

Não correria o risco de ser mal-interpretado.

PARIS

(fim das memórias)

8

O ATO DE REVISITAR SEU passado incitava-o a burilar ainda mais suas dúvidas sem que, no entanto, oferecesse uma saída. Seus raciocínios subdividiam-se, um pensamento incitava o seguinte com tamanha naturalidade que todos mais pareciam um só. E, no entanto, por mais límpidas que fossem suas constatações, ainda faltava algo. Pressentia não estar muito distante da verdade, porém admitia desconhecê-la.

Olhou para o relógio e não apenas percebeu que já era tarde como também se deu conta do próprio cansaço físico.

Nos últimos anos adquirira um indescritível prazer pelo sono, e o ato de dormir ganhou direito a um elaborado ritual. Assim, a partir do instante em que decidia ou avistava a hora de deitar, encaminhava-se por um detalhado processo rico em etapas e gestuais.

Antes de mais nada, um banho demorado. Passava horas ensaboando cada parte do corpo, sempre criando o máximo de espuma possível e com esmero nos recantos, para em seguida secar-se com igual capricho. Somente então dava aquela etapa por encerrada.

Depois, com uma inútil garrafa d'água gelada em cima do criado-mudo — inútil porque ele não sorvia um único gole, mas ainda assim parte do *mise-en-scène* —, deitava-se com absoluto cuidado, de modo a não encostar em nada além dos lençóis, entrelaçava os dedos na altura do peito e fechava os olhos. Concentrava-se apenas na própria respiração, na tentativa de perceber o relaxar do corpo, a fronteira entre o desperto e o lento processo de repouso do organismo ganhando vulto.

Daquela vez, porém, nem sequer chegara perto da primeira etapa.

Horas depois, quando dera por si, lá estavam queijo e vinho quase intocados. A claridade do lado de fora insistia em vencer as cortinas quando constatou no relógio que ainda era cedo. Pensou em voltar a dormir, mas uma coisa era adormecer no sofá, outra bem diferente seria deixar-se levar pela preguiça.

Assim, após relutar por alguns instantes, vestiu jeans, tênis, uma blusa azul-clara e saiu de casa. Caminhou até a ilha Saint-Louis margeando o Sena, o plano era tomar café enquanto lia jornal em uma das mesinhas na calçada. Quem sabe de vez em quando faria uma pausa na leitura para perceber uma nesga da Notre Dame, ou mesmo os casais passeando à beira do rio.

Conseguiu a mesa sem problemas, o sol estava encoberto e a temperatura, fresca. Como a noite maldormida provocara um apetite incomum, decidiu matar as saudades do café da manhã típico inglês, ou pelo menos uma adaptação dele, já que os feijões não faziam parte do cardápio. Terminados os ovos mexidos, sobravam apenas uns poucos tomates e cogumelos no prato, decidiu abrir o *Le Monde*.

Pediu um café para acompanhar a leitura e passava os olhos na página de esportes quando foi fisgado pela conversa ao lado. Tentou manter a concentração no texto, mas as palavras "assalto" e "galeria de arte" pescaram sua atenção. O momento em si era até comum em cafés parisienses, uma vez que as mesas sempre estão tão próximas umas das outras, porém não deixava de ser rude demonstrar interesse pelo diálogo vizinho. Por esse motivo, logo de cara forçou-se a agir de forma natural. Inclusive tentou retomar sua leitura para simular melhor seu desinteresse. Mesmo sabendo que seria uma tarefa impossível.

— Está falando sério?

— Seríssimo.

— Mas onde vamos parar? Foi ali mesmo? Na Saint-Honoré?

— Na própria.

— E como não fiquei sabendo de nada?

— Querido, assim eu me preocupo. Se meu marido tiver de ser avisado sobre assaltos em galeria de arte... Espere! É isso? Ao longo desses quarenta anos de casados você levou uma vida dupla? Mais importante ainda, e, por favor, seja sincero: você é o mocinho ou o bandido?

— Não estou brincando! Como é que acontece um negócio desses e ninguém fica sabendo?

— Aconteceu nesta madrugada, esqueceu? Logo deve sair nos jornais e na televisão.

— Ah, sim, claro, achei a notícia tão fantástica que não atentei para esse detalhe.

— Só fiquei sabendo por ter descido na sua frente, quando fui até a farmácia e vi a polícia armando um grande cerco de fitas amarelas para vedar a entrada na galeria, sabe? Aliás, de início imaginei ter sido algo violento, mas o pessoal falou mesmo em roubo.

— Roubo? Mas não foi de madrugada? Se foi de madrugada, e não tinha ninguém, então é furto.

— Que seja. Era um quadro, um quadro importante.

Tratava-se de um casal de idosos, ambos discretos, tomando chá e comendo biscoitos enquanto gracejavam como só a intimidade cultivada por anos permite. O assunto sobressaltou-o de tal maneira que até tentou inclinar o corpo para o lado direito e assim ficar mais próximo da conversa.

Enquanto folheava o jornal, sem que o estivesse de fato lendo, ou fingia que bebericava o café, sem dar nem mesmo um único gole, também passou por sua cabeça a ideia de acessar a internet de seu celular, entretanto o simples gesto lhe pareceu explícito além da conta; não queria ser percebido.

Enrolou um pouco na esperança de escutar outros detalhes sobre o assalto, porém o assunto não voltou a ser mencionado. Assim que os dois pagaram a conta, levantaram-se e foram embora, esperou por alguns minutos e fez o mesmo. Seguiu direto para casa, onde poderia refletir à vontade, porém a novidade era das melhores: se não sabia com exatidão o que fazer, ao menos tinha uma boa ideia. Só precisaria de tempo para pesquisar.

Durante o caminho utilizou o celular para acessar os sites de notícia e descobriu que o assalto acontecera na prestigiosa Galeria Schmidt, localizada no número 396 da rua Saint-Honoré. Conhecia muito bem o lugar, ficava atrás do seu prédio, bastava virar à direita na rua Castiglione, depois à esquerda e então andar mais alguns metros. Chegara mesmo a fazer uma rápida visita, porém, como imaginara, a passagem estava interditada para investigações.

Entreouvir a tal conversa deixara tudo óbvio demais. Como se tivesse encontrado a peça que faltava para completar o quebra-cabeça, a peça sem a qual nada mais fazia sentido: se amar as artes sem ter com quem dividir o sentimento já era um suplício, ainda pior era perceber o exato oposto. Constatar que sua maneira de pensar era inconcebível para outras pessoas. Que, enquanto seria capaz de se emocionar por horas contemplando um Tiziano, ninguém mais se importaria.

Aliás, era assim mesmo que acontecia. Tanto nos museus grandes quanto nos pequenos. A horda de visitantes passava por quadros e estátuas destilando absoluta falta de sensibilidade. Quase corriam, interessados apenas em cumprir um roteiro de viagens centrado em compras e restaurantes populares. Preocupação, de fato, só com o status que a visita emprestaria em futuras rodas de conversa. Visitar museus transformara-se em argumento de barganha social e não mais em algo desejado de verdade. Enquanto isso, aqueles realmente interessados em prestigiar verdadeiros gênios não tinham mais condições de se deixar levar pela técnica.

Quem eram os culpados? Todos.

Começando pelo próprio público e sua falta de educação. Por não saberem como se comportar e desconhecerem o que jamais deveriam desconhecer. Pela falta de curiosidade e mesmo de honestidade, quando faziam o papel de interessados por algo que no fundo consideravam enfadonho e lhes causava aborrecimento.

Museus e galerias, lugares que frequentava e durante tanto tempo admirou, também tinham sua parcela de culpa, era obrigado a constatar, uma vez que eram os primeiros a banalizarem as obras. Mesmo as mais importantes, posicionadas em locais de destaque, pareciam ordinárias. Quando não, como no caso da Mona Lisa, o aparato de segurança acabava por mundanizá-las ainda mais.

Ao chegar em casa, logo sentou-se de frente para o laptop, serviu-se de vinho do Porto e pôs-se ao trabalho. Bebia em pequenas doses, ainda que de maneira constante, enquanto pesquisava na internet todo tipo de ações. Fossem assaltos violentos, roubos ou furtos, tanto em museus quanto nas galerias de arte e mesmo em casas de colecionadores. E, a cada matéria ou vídeo, uma nova realidade se descortinava.

Cogitou catalogar casos que lhe saltassem aos olhos, porém elencar tantas e tão diferentes investidas lhe pareceu impossível e desistiu da ideia.

De toda maneira, uma garrafa de Porto jamais conseguiria afastar vontades e cenas que imaginou durante a pesquisa. Funcionava como estímulo, isto sim, para visualizar-se arrombando janelas, munido de metralhadoras, desativando sistemas de segurança, rendendo guardas e fugindo com a polícia em seu encalço. Em seguida seu rosto apareceria no site do FBI, com recompensas polpudas para quem tivesse informações a seu respeito ou sobre as obras que roubara. E pensou também em como as esconderia, de que maneira poderia guardá-las em lugar seguro sem que nem clima ou tempo as deteriorassem. Mas tudo aquilo não passava de fantasia. Nada parecido tinha a ver com seus conceitos.

O próprio assalto na Saint-Honoré, com toda certeza encomendado por algum colecionador interessado em "Os árabes de Orã", de Eugène Delacroix, segundo a imprensa avaliado em mais de meio milhão de euros, merecia severas críticas. Não via diferença entre quem roubava um quadro valioso e museus ou galerias que cobrassem pela exibição de seu acervo. Em ambos os casos prevalecia a premissa do lucro em detrimento da arte.

De todo jeito, mesmo desconsiderando roubar ou furtar quadros, estátuas ou vasos, o episódio tivera o mérito de fazê-lo acordar. A ideia era simples: reformar a ordem das coisas. Mudar o conceito, a maneira constituída e calcificada de entender e glorificar a arte.

Entretanto, como fazer? Por onde começar? Além do que em nenhum dos casos que encontrou percebeu desinteresse na hora da execução. Muito pelo contrário, todos pareceram ter sido planejados com extremo cuidado.

Animado, tratou de ordenar as perguntas que surgiam sem pedir licença em sua cabeça.

A primeira, tão simples quanto fundamental: quem era o inimigo? A quem de fato pretendia atingir? A resposta: museus, galerias, colecionadores, todos que de alguma forma vulgarizassem ou lucrassem com a arte. Depois, ainda que se decidisse pelo modo de agir, como os faria entender seu objetivo? Deixaria bilhetes? Mensagens? Não, aquilo seria muito arriscado. Qualquer comunicação explícita daria pistas à polícia e a investigadores. Precisaria apostar na forma e no tempo. Sim, em ambos. Seriam eles, juntos, os responsáveis pelo recado. De início, é claro, imaginariam se tratar de um bandido como outro qualquer, mas se fosse capaz de estabelecer um padrão, apostava que aos poucos entenderiam o quão nobre era o seu motivo.

Precisava, também, imaginar como as autoridades agiriam no início das investigações. Partindo do princípio de que nenhuma câmera o filmasse, que fosse capaz de evitar o menor rastro que fosse, onde procurariam? Talvez, pelo fato de ser um professor de artes, devesse redobrar o cuidado. Era razoável imaginar que lá pelas tantas começassem a investigar pessoas ligadas ao meio. Por outro lado, a menos que fizesse alarde ou surpreendesse pedindo demissão de uma hora para outra, não teriam como suspeitar de nada.

Olhou o relógio, constatou que já passava das três da tarde e ainda não havia se alimentado. A dor de cabeça que se anunciava graças à bebida e a tantas elucubrações haveria de melhorar com uma refeição. De quebra, até para colocar os pensamentos em ordem seria bom respirar um pouco de ar fresco.

Caminhou até a rua Sainte-Anne, repleta de restaurantes asiáticos que funcionavam sem paralisações, e uma vez ali decidiu-se pelo balcão do minúsculo Naniwa-Ya. Serviu-se do chá quente oferecido como cortesia pela casa, porém não demorou muito a pedir atum fresco, arroz branco e raiz forte. O prato foi devorado assim que chegou e só então Tom percebeu que não conseguira colocar em prática o seu plano de matutar com calma sobre o que tinha ouvido e pesquisado rapidamente. Seus pensamentos surgiam em um fluxo que o impedia de organizá-los.

    Não pediu a conta. Deixou uma nota de vinte euros em cima da mesa e foi embora. Fez o caminho direto, passando pela entrada do seu prédio, até o Jardim das Tulherias. Poderia comprar alguns macarons, uma pequena garrafa d'água e escolher dentre tantas das cadeiras espalhadas pelo Jardim, tinha perfeita noção do quanto lhe faria bem relaxar, mas não se sentiu capaz. Preferiu atravessá-lo inteiro, utilizar a passarela Solferino e em seguida virar à esquerda.

    Então, quando avistou um dos seus museus preferidos, por conta dos impressionistas e das dimensões pouco exigentes, o D'Orsay, deu-se conta de como já havia mudado nas últimas horas. Quantas vezes estivera ali feliz em poder contemplar as perturbadoras belezas criadas por Van Gogh, Monet e Degas?

    Não mais.

    O sentimento, ao observar a enorme fila de pessoas, era de raiva.

    A cena não era bonita: passava da meia-noite e estava de joelhos, agarrando com força a privada de modo a suportar um violento acesso de vômito.

    Uma reação tão forte que o impedia de respirar direito; enquanto engolia ar, sentia seu organismo tentando expelir uma já quase líquida pasta avermelhada com forte odor de álcool.

    Em um dos intervalos, recostou-se na parede. Seus olhos lacrimejavam, a boca estava emplastrada de saliva e suco gastrointestinal, a respiração era forte e entrecortada. Poderia lavar o rosto depois, fazer gargarejo que fosse, entretanto nada era mais fundamental do que tentar desacelerar a respiração.

A duras penas conseguiu, mas nunca seria capaz de lembrar como.

No dia seguinte, como não poderia ser diferente, a ressaca confundia-se com excitação. Após a rara ducha rápida, dois comprimidos de Tylenol e um grande copo de laranjada, já tratava de organizar a pesquisa que fizera na véspera.

Acomodado no sofá, laptop no colo, relia cada episódio e comemorava a ausência de qualquer dúvida em seu pensamento.

***

Data: 21 de agosto, 1911
Local: Paris, Museu do Louvre
Obra/Autor: Mona Lisa/Leonardo Da Vinci
Ação: Furto
Modo: Vincenzo Peruggia, pintor de paredes que prestava serviços no Louvre, trancou-se no armário de vassouras e de lá só saiu quando o museu já estava fechado. Então, com toda a calma dirigiu-se até o Salão Carré, tirou o quadro da parede, retirou a tela da moldura, enrolou-a embaixo do casaco e deixou o museu. A pé.

Resultado: Manteve a obra dentro de casa, em Paris, durante dois anos, quando achou que poderia devolvê-la a seu país de origem, a Itália. Tentou negociá-la na Galleria degli Uffizi, em Florença, mas foi desmascarado justamente lá, e a obra, devolvida ao Louvre. Acabou condenado a um ano e meio de prisão. Cumpriu seis meses.

Avaliação: Genial, mas hoje em dia impraticável.

***

Data: 22 de agosto, 2004
Local: Oslo, Museu Munch
Obra/Autor: O Grito/Edvard Munch
Ação: Assalto
Modo: Homens mascarados e armados invadiram o museu durante a tarde, ameaçando funcionários e levando consigo a obra na presença dos visitantes. Fugiram de carro.
Resultado: O quadro foi recuperado em 2006. Os assaltantes foram condenados a oito anos de prisão.
Avaliação: Estúpido e fora de questão.

***

Data: 22 de dezembro, 2000
Local: Estocolmo, Museu Nacional da Suécia
Obra/Autor: Autorretrato/Rembrandt, Jeune Parisienne/Renoir e Conversation/Renoir
Ação: Assalto
Modo: Homens munidos de metralhadoras chegaram ao museu já de noite, pegaram as três obras e fugiram em uma lancha que os aguardava no canal. Enquanto o golpe acontecia, dois carros foram incendiados em pontos distintos da cidade e havia cravos de aço estrategicamente colocados nas ruas que cercavam os museus para evitar a aproximação da polícia.
Resultado: Os quadros foram recuperados em 2006 e os assaltantes condenados a dez anos de prisão.
Avaliação: Genial, mas fora de questão.

***

Data: 11 de maio, 2003
Local: Viena, Museu de História da Arte
Obra/Autor: Saliera/Benvenuto Cellini

Ação: Furto
Modo: Ainda pela manhã o ladrão aproveitou-se de um andaime utilizado em uma obra para escalar até o segundo andar do prédio, quebrar a janela e invadir a sala em que estava a escultura de ouro. Em seguida desativou o alarme de movimentos, quebrou a cúpula de vidro que encerrava a obra e desceu pelo próprio andaime.
Resultado: Durante três anos pediu recompensa, ameaçando até mesmo derreter a peça. Foi pego quando a polícia divulgou imagens suas comprando o telefone celular utilizado para enviar as ameaças.
Avaliação: Genial, estúpida e fora de questão.

***

Data: 18 de março, 1990
Local: Boston, Museu Isabella Stewart Gardner
Obra/Autor: O Concerto/Vermeer; A Dama e o Cavalheiro de Preto, Tempestade no Mar da Galileia e Autorretrato/Rembrandt; Paisagem com Obelisco/Govaert Flinck; Chez Tortoni/Manet; La Sortie de Pesage, Cortège aux Environs de Florence, Program for an artistic soirée (as duas versões) e Three Mounted Jockeys/Degas; e um vaso chinês da Dinastia Shang.
Ação: Assalto
Modo: Dois homens, vestidos como policiais, apareceram na porta do museu alegando terem recebido um chamado no início da madrugada e anunciaram o assalto assim que a dupla de vigias abriu a porta. Após amarrar, vendar e trancafiar os vigias, os ladrões levaram pouco mais de uma hora para roubar um grande número de obras. Os policiais de verdade só apareceram pela manhã.
Resultado: Nenhuma obra foi recuperada e ninguém foi preso. Até hoje as molduras das obras permanecem

penduradas nas paredes do museu. Somando o valor estimado de cada uma, o golpe atingiu a marca de 500 milhões de dólares.

Avaliação: Fantástico.

9

O CÉU PARISIENSE JÁ anunciava o fim da tarde e Tom Gale permanecia no mesmo lugar, onde esteve por quase todo o período, apenas observando as pessoas que entravam no D'Orsay.

Não planejara aquilo, apenas caminhara em direção ao museu de maneira errante até sentar-se em suas escadarias.

Lá pelas tantas, cansado de contemplar tão desagradável cenário, enveredou por St. Germain.

Seus pensamentos atordoavam-no de tal forma que, sem prestar atenção em volta, por duas vezes quase provocou acidentes. O primeiro envolvendo uma bicicleta, o seguinte, um carro.

Continuava incomodado com as pessoas desinteressadas em arte, mas também já estava clara e indiscutível a contribuição de museus e galerias para o cenário que tanto desprezava.

Afinal, criticar a mercantilização da arte fazia dele o quê? Louco? Anarquista? Romântico? Ao avistar uma mesa vazia na esquina com a rua du Bac decidiu descansar um pouco. Tratava-se de um café como qualquer outro, era a sua primeira vez ali, mas pensou que serviria bem para pedir uma água com gás e refletir. A ideia parecia boa, no entanto durou pouco. Bebeu um gole d'água, deixou alguns poucos euros em cima da mesa e saiu. Estava tenso demais e sentar-se não era uma opção.

Acabou percorrendo as ruas das galerias próximas à Escola de Belas-Artes e pela primeira vez enxergou a vizinhança que conhecia tão bem com um olhar predador. Ao observar as peças expostas nas vitrines, foi inevitável visualizar-se ali, tarde da noite, quem sabe de madrugada, esperando pelo momento certo de agir.

Foi assim, a caminho de casa, trôpego de tanta excitação e sem parar um mísero segundo de matutar possibilidades nunca antes sonhadas, que ao passar pelo Louvre decidiu entrar. Quem sabe envolvido pelo ambiente talvez fosse acometido por uma visão capaz de clarear seus próximos passos?

Levar cerca de trinta minutos desde que assumiu seu posto na fila até entrar no museu pela ala Sully quase o fez perder a cabeça. Em silêncio, amaldiçoava a tudo e a todos.

Após subir as escadarias em direção à Vitória de Samotrácia, lamentou. Teria gostado de sentar-se ao seu lado, imaginando-a inteira, mergulhando nas suposições sugeridas por sua figura alada a ponto de ignorar a multidão de visitantes.

Seria fácil fazê-lo. Já era hábito. Considerava aquela a peça mais impactante de todo o museu, a que mais lhe tocava o coração e inspirava boas sensações. Entretanto não daquela vez.

Relutante, encaminhou-se direto para a galeria dos italianos, no início da ala Denon. A grande maioria das pessoas ali só tinha olhos para a Mona Lisa. Poucos atentavam para Raffaello, Tiziano, Botticelli e Caravaggio, ou mesmo outras obras de Leonardo.

Quando deu por si, já estava falando com o guarda mais próximo.

— Boa tarde.
— Pois não, em que posso ajudá-lo?

— O que vou lhe perguntar talvez possa soar inusitado, mas sou um curioso e não me contenho quando fico intrigado.

— Pois não?

— É esta a sala mais segura nesta parte do museu?

— Como?

— Digo, pela Mona Lisa e tudo mais, imagino que a sala onde ela está e talvez mesmo a ala inteira devam receber os aparatos de segurança mais sofisticados... Certo?

— Todas as alas são importantes e garantidas da mesma forma, senhor. Até mesmo porque a Mona Lisa, apesar de sua notoriedade, não é a única em seu patamar.

— Claro que não! Imagino que devam existir outros sistemas tão sofisticados quanto este para as inúmeras obras e...

— O senhor gostaria de saber exatamente o quê? Poderia ser mais claro? Aliás, por qual motivo essa curiosidade toda com a segurança?

— Não... Nenhum motivo, era apenas uma dúvida.

— Posso lhe garantir que o Louvre se preocupa para que visitantes como o senhor desfrutem das belezas que conservamos.

— Claro, claro, eu... Obrigado, muito obrigado.

Pronto, se ainda restava qualquer dúvida, a partir daquele momento ela desaparecera por completo: havia oficialmente enlouquecido. Apenas a absoluta insensatez levaria alguém a aproximar-se de um vigia, em um importante museu como o Louvre, para questionar a segurança de obras importantes.

Sua sorte, realmente grande, fora a de fortuitamente ter interpelado um sujeito sem a menor paciência. Houvesse topado com alguém mais interessado em fazer o seu trabalho e então teria de explicar o porquê de tanta curiosidade sobre o sistema de segurança.

Ainda por cima precisou ouvir "visitantes como o senhor" calado. Como se pudessem existir termos de comparação entre ele os beócios que perambulavam pelas galerias do antigo palácio. Pensou melhor, decidiu deixar o museu antes que se metesse em alguma encrenca.

Já estava bem escuro quando encontrava-se debruçado sobre o parapeito da Pont St. Michel, repensando suas alternativas. Não eram muitas. Após a visita ao museu, continuou seu périplo pela cidade como se estivesse fugindo de alguém, ainda que soubesse o tempo todo que não poderia fugir de si mesmo. Na verdade, os caminhos que percorrera, bem como as pesquisas que fizera, tudo começava a ganhar contornos de desculpas para retardar o primeiro passo. Precisava agir.

Tirou o celular do bolso para verificar o horário e já passava da meia-noite. Uma terça-feira sem lua. Assumiu que não poderia mais se questionar. A grande necessidade, o desafio maior era tão somente impedir de impedir-se.

Levantou o rosto em direção à Pont Neuf e decidiu não pensar mais. Enquanto marchava de volta ao Quartier Latin experimentava uma sensação nova. Seria a felicidade? Uma enorme excitação, sem dúvida, mas felicidade? Leveza. Sim, leveza era a palavra justa. Assumir o autoengano de que no fundo tentava driblar uma decisão já tomada possibilitara paz de espírito e ao mesmo instante a coragem necessária para seguir em frente. Não tinha mais dúvidas sobre o que deveria ser feito. Nem mesmo como. De certo modo, vivia um renascimento. Começava uma nova etapa em sua vida.

Virou à esquerda, na rua de Seine, e caminhou até a rua das Belas-Artes.

Precisava ser rápido, sem hesitações.

E assim foi.

De tão intensa, a descarga de adrenalina obrigou-o a passar a madrugada acordado. Além, é claro, do pavor de que alguém o tivesse descoberto. Permaneceu alerta o tempo inteiro, atento às sirenes dos carros de polícia que desgraçadamente eram parecidas demais com aquelas das ambulâncias. Mesmo os barulhos provocados pelo funcionamento do elevador eram capazes de assustar. Até que se convenceu do próprio fracasso.

Descobririam tudo graças a inúmeras testemunhas. Umas teriam percebido o seu comportamento estranho no trajeto de volta para casa enquanto outras teriam inclusive flagrado o momento exato da ação. E se por um lado estava apavorado, por outro a ansiedade crescia. Continuou por um bom tempo assim, ponderando entre o desejo de confirmar suas suspeitas e o de fugir, até que decidiu tomar um banho. Sabia que em algum momento teria de enfrentar as consequências do seu ato e então ligou a televisão para acompanhar o noticiário pelo reflexo do espelho.

E nada.

Nenhuma novidade.

O dia está apenas amanhecendo — chegou a pensar —, *logo devem dizer alguma coisa, não é possível!*

O silêncio por parte da imprensa se manteve enquanto preparava o café da manhã.

Já não sabia mais o que pensar, dava raivosas garfadas na omelete que preparara e ao mesmo tempo acessava o site do *Le Parisien* em seu laptop aberto em cima da mesa, quando enfim surgiu na televisão a imagem de uma repórter imprimindo um tom dramático na voz. Ao fundo da imagem, policiais, fitas isolando o local e uma vidraça estilhaçada, não poderia ser mais familiar.

— *No espaço de poucos dias, mais uma galeria foi atacada na região central de Paris. Desta vez, aqui, na rua das Belas-Artes, exatamente na frente da Escola. Ao contrário do que ocorreu na Galeria Schmidt, porém, nada foi roubado. O prejuízo parece ter ficado apenas na vitrine arrebentada por uma grande pedra arremessada durante a madrugada. O alarme disparou logo, assustando os moradores dos prédios em volta, mas ninguém viu ou ouviu qualquer atitude suspeita que justificasse esse ato de vandalismo.*

A matéria continuou, porém não viu necessidade de acompanhá-la. Sentia-se invencível, corajoso e importante. Tudo ao mesmo tempo, aquilo jamais acontecera antes. Mesmo se o noticiário estivesse equivocado e a polícia estivesse para bater na sua porta a qualquer momento, tudo teria valido a pena.

Congratulava-se principalmente pela execução da ideia. Pensando na disposição do cenário, não poderia ter sido melhor planejada.

A margem do Sena na altura do Quai Malaquais era o ponto central. O vértice de um triângulo invertido, composto de um lado pela rua de Seine e do outro pela Bonaparte. A estreita aresta que ligava ambas era a rua das Belas-Artes, repleta de galerias, e que desembocava bem em frente à Escola.

Assim que entrou na Seine, sempre mantendo o passo firme, começou a olhar para o chão em busca do que precisava, e pouco antes da esquina derradeira encontrou um grupo de pedras menores reunidas ao lado de uma lata de lixo. Ainda não era o ideal.

Conhecer tão bem aquela parte da cidade fora determinante, mas de todo modo chegou a olhar em volta para certificar-se de que estava sozinho. Nada. Apenas um carro na direção contrária, cujos faróis lhe possibilitaram perceber dois grandes pedregulhos junto à parede. Escolheu um e pouco depois virou à direita.

Atravessou quase toda a estreita rua caminhando pelo asfalto, até que, já no fim, pouco antes de sair na Bonaparte, avistou o alvo que tanto procurava: ao ficar de frente para a vitrine não se interrompeu, respirou fundo ou fez qualquer movimento específico.

Apenas certificou-se de estar sozinho uma última vez e então lançou a rocha maciça com toda a força possível.

Ficara impressionado com a estética do vidro se partindo, que em um primeiro momento assemelhou-se àquela de uma teia enorme capturando um inseto.

Já virava a esquina quando o alarme soou. Olhou para a esquerda, como qualquer pedestre faria para evitar ser atropelado, passou para o lado oposto da Bonaparte e seguiu de volta em direção ao rio. O desejo maior era de sair em disparada, correr o mais rápido que pudesse dali, porém sabia que seria um erro. Bem ao contrário. Precisava agir com naturalidade.

A cada passo dado, o som do alarme se afastava, assim como o burburinho no Deux Magots. Só ouviu sirenes dos carros de polícia quando já se aproximava da Ponte do Carrousel.

O que fazer agora? Como prosseguir?, perguntou-se, enquanto remexia a comida no prato.

A dúvida era razoável, porém outra preocupação, inesperada, aos poucos ganhava corpo: o fato de sua ação ter ocorrido logo após o assalto à galeria talvez pudesse confundir as pessoas.

A própria fala da repórter, referindo-se ao ataque como um ato de vandalismo, indicava aquele risco.

Mais que nunca, precisaria certificar-se de que entendessem muito bem o recado.

SALISBURY

(início dos anos 1980)

10

Não conseguia entender o que tinha de errado com aquele garoto. Aliás, entender estava muito longe de ser uma possibilidade. Por mais que o considerasse esquisito, como a maioria de suas amigas, até mesmo desengonçado, havia nele algo de intrigante. Só não sabia dizer o quê.

Achava-o bonito, algo impossível de ser admitido durante as rodas de papo no recreio, porém aquele era apenas um detalhe. Seu embaraço? Talvez. Já havia reparado, e não podia ser coincidência que algo sempre acontecesse quando eles se cruzavam.

Ali também foi assim. Observou-o se aproximando de longe enquanto suas amigas estavam entretidas com outro assunto. Teve todo cuidado para não ser indiscreta, porém prestou absoluta atenção em seus passos, tomando conta, em segredo pedindo para que ele não se afobasse. Um sentimento genuíno, de afeto misturado com pena.

Então ele caiu.

A cena imediatamente chamou a atenção de todos, provocando gracejos e risinhos maldosos que a deixaram possessa. Mais do que nunca com os olhos grudados nele, permaneceu ali, acompanhando cada gesto seu. De certa forma incentivando-o a amarrar seus sapatos e recolher seu material com calma.

Até a supervisora começar a chamá-los para que entrassem nas salas de aula. O grupo inteiro se virou e começou a andar. Ela também precisava ir.

Quando já passava do portão principal, porém, o sentimento foi mais forte: diminuiu o passo e virou para trás.

Ele a olhava fixamente.

Seu nome era Tom Gale.

PARIS

(fim da década de 2000, três meses depois)

11

ERA SOMENTE O PRIMEIRO dia de uma longa temporada na cidade. Paris há muito já não surpreendia, mas continuava a encantar.

Estivera ali em inúmeras ocasiões, tanto para passeios curtos quanto para festas ou compromissos menos votados, entretanto aquela vez prometia ser diferente. Precisaria familiarizar-se com a cidade de uma maneira nova, viver o cotidiano local, e não apenas fazer programas agradáveis como também passar por contratempos típicos. Nada que a alarmasse de forma exagerada, apenas temia perder o deslumbramento pela cidade.

Passeava pelo Marais, um bairro que não se cansava de explorar, dentre tantos motivos por perceber ali uma atmosfera incomum ao resto da cidade. Sempre nutriu a percepção de que os parisienses tinham dificuldade em aceitar o diferente, e mesmo admitindo aquela como sendo uma prova inequívoca do mais puro preconceito, a diversidade ali continuava reconfortante.

Paquerou diversas vitrines até perceber que estava com fome. Consultou o relógio; já passava do meio-dia, mas caminhar estava tão agradável que preferiu comer algo rápido. Almoçou um sanduíche de falafel na rua des Rosiers, em seguida beliscou um pastel de Belém em uma charmosa tasca portuguesa na Roi de Sicile e então dirigiu-se ao Sena.

Durante o trajeto, foi impossível não ficar introspectiva ao se deparar com a Notre Dame. Observou com cuidado suas gárgulas, os enormes portões e as duas torres da fachada principal. Não eram apenas os grandes monumentos de importância histórica e referências arquitetônicas que faziam de Paris uma cidade única, mas também, e talvez principalmente, seu charme quase tangível. A sensação contínua de passear pelo cenário de um filme e, por vezes, de que a própria Piaf espreitasse em cada esquina com seu vozeirão. Saudosismos apenas possíveis de serem degustados por meio de filmes e músicas ali ganhavam contornos de realidade.

Ao passar pelas pontes, enquanto margeava o rio, pôde observar os barcos apinhados e um sem-número de casais de namorados nos cafés, além de tantas outras situações que acabaram impondo uma constatação inusitada: sentia-se feliz. Faltava alguma coisa? Claro, porém não se arrependia de nada. Estava em paz com o que havia alcançado e certa de que mais ainda estava por vir.

Acima de tudo, sentia-se segura, principalmente graças ao patamar alcançado em sua área. Não existia a possibilidade de ser ignorada quando dizia algo. Bem ao contrário, paravam para escutá-la e em seguida conduziam à risca suas diretrizes.

Entretanto, por duas questões logo de início difíceis de administrar, tal reconhecimento não aconteceu de uma hora para outra. A primeira delas, pelo fato de ser mulher; a seguinte, ainda por cima uma mulher bonita. Em um meio dominado por homens, foram incontáveis as vezes em que enfrentou desconfianças sem o menor sentido.

Não sabia se concordava com as avaliações, mas tinha consciência do efeito que causavam seus cabelos vermelhos, os olhos castanhos, o rosto angelical e um esbelto corpo torneado por anos de natação. A princípio ficou incomodada, mas logo percebeu como poderia ser vantajosa aquela situação. Não passou pela sua cabeça a ideia de seduzi-los, não se rebaixaria a tanto e nem seria necessário, mas, se ainda por cima pudesse usar de sua aparência para embalsamá-los de vez, tanto melhor.

Afora aquele aspecto, não havia mais do que se queixar. Mesmo em respeito às coisas do coração, embora estivesse solteira e até ali houvessem sido poucos os relacionamentos sérios. A grande verdade era que ainda não havia encontrado um homem que a arrebatasse. Por certo, não tinha qualquer dificuldade em obter diversão, mas sexo casual estava longe de figurar entre suas maiores fantasias. Repartir intimidade com quem de fato não se sentisse à vontade ou por quem não tinha atração, para além do aspecto físico, não era uma delas. Mesmo tendo acontecido em algumas ocasiões. A sensação, logo após o clímax, era sempre a pior possível. De vazio. De todo modo, o trabalho acabava sugando seu foco para longe de devaneios ou tentativas infrutíferas. Desejava ser mãe algum dia, mas tendo ao lado um homem que de fato fosse boa companhia. Com trinta e três anos, ainda considerava-se nova, e desesperar-se não fazia sentido.

Sem contar os tios maternos, que pouco via, não tinha parentes próximos. Era filha única: mãe e pai falecidos em um acidente de carro quando ainda era adolescente. Desde então a parte financeira nunca foi um problema. Não era rica, mas tinha o suficiente para frequentar bons restaurantes e viajar com razoável frequência.

Divagando, mal percebeu a proximidade com a Ponte de L'Alma. Dali a Torre Eiffel deslumbrava pela imponência. Ao chegar perto de seu pequeno apartamento alugado, no número 10 da rua Edmond Valentin, teve a sensação de estar sendo puxada pela Dama de Ferro.

Decidiu comprar uma garrafa de vinho branco. Passaria o fim de tarde bebendo, ouvindo música e preparando-se para o almoço que teria no dia seguinte.

O que pretendiam dela, afinal? Tudo parecia bastante sério e ao mesmo tempo nebuloso. Sério porque, do contrário, não teriam insistido com tanta veemência, tampouco providenciado apartamento e pagado adiantado um polpudo valor por seus honorários. Nebuloso porque fizeram questão de não antecipar qualquer assunto, alegando falta de segurança.

Vá lá, na pior das hipóteses passaria alguns dias em Paris, o que era sempre bom. Mas sua expectativa era outra.

12

Às 12h15 em ponto, Joan Marie Baker estava sentada à mesa do Chez Georges, um clássico bistrô no segundo *arrondissement*. Ao entrar no belo salão amadeirado teve como opções várias mesas enfileiradas à esquerda, de frente para o bar, além do salão que se espichava ao fundo. A segunda opção parecia mais agradável, no entanto, e decidiu-se pela mesa mais próxima da entrada, colada à janela. Dali seria possível paquerar a rua, ter luz natural e de quebra garantir alguma privacidade.

Sobre Louis Pierre Collet, o homem com quem iria se encontrar, além do básico não obtivera muitas informações na internet: nascido em Paris, 62 anos de idade, durante anos exerceu cargos no sistema financeiro. E tinha como hábito colecionar obras de arte.

Enquanto aguardava, pediu ao garçom um pequeno prato. Então sujou-o de azeite, salpicou um pouco de sal e ficou ali, brincando de limpá-lo com miolos de pão. Mais irritante do que esperar por alguém atrasado, só mesmo ter de lidar com a fome por este motivo.

Passaram-se bem outros dez minutos até que um homem calvo, alto, de óculos redondos e terno cinza adentrasse o salão. Marie reconhecera-o pelas imagens visualizadas na internet, mas esperou para ver se também ele havia feito o dever de casa. Uma dúvida logo dissipada.

— Joan Marie? Olá, sou Louis Pierre Collet, mas pode me chamar de Louis! — disse ele efusivamente, enquanto esticava a mão para cumprimentá-la.

— Olá, Joan Marie Baker — respondeu ela, retribuindo o gesto.

— Por favor, peço desculpas pelo atraso, não sei o que aconteceu com a linha 1 do metrô...

— Algum acidente?

— Não faço ideia, ficamos bem uns vinte minutos esperando, primeiro para que o trem chegasse, depois dentro do vagão.

— Parece ter sido sério.

— Pois é, deve ter sido. Você é bem diferente do que eu imaginava — disse ele, enquanto servia-se de água, olhos fixos no líquido acomodando-se dentro da taça.

Chegar atrasado, tomá-la por "você" e ainda por cima fazer ponderações indiscretas sobre sua aparência talvez fizessem parte de uma estratégia intimidadora. Mas por quê? Pretendia descobrir logo.

— Pois você não me surpreendeu nem um pouco.

— Hã? Não, eu quis dizer que...

— Eu sei, eu sei. Que sou muito bonita e aparento ter a idade de uma menina recém-saída da faculdade. Na certa também dirá que não está muito acostumado a lidar com alguém de aparência tão agradável, certo? É, talvez seja esse o termo. Ou algo tão grosseiro quanto, ainda que na vã missão de parecer elogioso.

Instalou-se o silêncio.

Enquanto Marie falava, Louis Collet bem que tentou esboçar uma reação, mas entendeu logo que seria melhor ficar calado. Então bebeu um generoso gole d'água e resolveu falar.

— Acho que começamos de forma equivocada.

— Começamos?

— Tudo bem, me perdoe. O engraçado é que tudo o que você acabou de dizer chegou a passar pela minha cabeça — disse ele, para depois continuar: — Não costumo ser muito polido e reconheço que esse é um defeito grave, mas, por outro lado, tudo o que não preciso é de alguém que fraqueje. Esse negócio de pretender ser simpático e...

Marie não esperou mais um segundo, já tinha escutado demais.

— Passar bem e adeus — disse, já se levantando.

— Mas como? Espere! — suplicou ele, apelando com uma dose de dramaticidade, o que Marie considerou desagradável.

Porém, funcionou.

Mesmo porque ela não tinha interesse em chamar mais atenção em um lugar que frequentava com certa assiduidade.

— Me deixe falar, eu lhe peço. Nem que seja por cinco minutos. Se, após minha explicação, você continuar achando que não vale a pena, tudo bem, encerramos as tentativas. E sem insistências.

Marie pensou por alguns instantes e então capitulou. O que teria a perder?

— Está certo, mas, por favor, seja direto — pediu.

— Olha, a verdade é que enfrentamos graves problemas...

Ele fez uma pequena pausa e olhou em volta, certificando-se de que ninguém prestava atenção na conversa, para em seguida inclinar-se e baixar o tom de voz, como se de fato estivesse prestes a confidenciar algo gravíssimo.

— ... Não sabemos mais o que fazer. A cada semana que passa, quinze dias, às vezes um ou dois meses, o pesadelo volta com toda a força. E não se trata de economizar esforços ou recursos, nada disso, todos estamos empenhados em resolver a questão, porém a impressão de estarmos um passo atrás persiste. Nos últimos dias surgiu uma teoria que, se comprovada, atestará nossa mais absoluta ignorância.

Outra pequena interrupção, dessa vez para um rápido gole d'água. Marie imóvel, de braços cruzados.

— É duro reconhecer, mas a verdade é que não fazemos a menor ideia do perfil. E isso é o que mais me assusta, sabe? Alarmes, sistemas, policiamento, nada adiantou, não temos pista alguma. São situações tão inesperadas e rápidas que na maioria das vezes parecem até mesmo fruto de algo aleatório, sem propósito. No início até encaramos dessa forma, mas depois ficaram claros a intenção e os alvos — terminou ele.

E o silêncio continuou.

Collet buscou a garrafa para servir-se de mais água mesmo com o copo além da metade, enquanto Marie continuava olhando para seus olhos, ainda que não exatamente enxergando-os. Internamente, maquinava todas as informações, negava-as, subdividia-as em perguntas que poderiam ser úteis no futuro. Até começar a falar.

Ambas as mãos apoiadas em cima da mesa, seu tom de voz era tranquilo. Baixo, mas audível. E cada palavra foi pronunciada com o mais absoluto cuidado.

— Em primeiro lugar, com quem estou falando?

— Como? Mas eu me apresentei, sou Loui...

— Não me refiro ao seu nome. Você disse "estamos" por mais de uma vez, então pergunto, estamos quem? Com quem estou falando? A pergunta pode parecer óbvia, mas gosto de deixar tudo muito claro.

— Represento os mais importantes museus e galerias de Paris.

— Entendo... E imagino que órgãos governamentais estejam cientes desse almoço.

— Sim.

— E que jamais se pronunciarão de maneira oficial, seria uma vergonha o Estado assinar uma admissão tão explícita de incompetência.

— De fato.

— E por que você fala que não existe pista alguma? E que teoria é essa?

— De início, imaginamos que fosse apenas mais um ladrão. Alguém interessado em roubar obras de arte e revendê-las no mercado negro, ou mesmo que estivesse cumprindo uma encomenda acertada com um colecionador.

— Porém?

— Porém, com o passar do tempo, percebemos que em momento algum as obras foram tocadas. Demoramos a perceber esse ponto, confesso, mas a partir de então ficou bastante óbvio que não existia interesse algum em roubar ou lucrar com as peças. Por isso falei na inexistência de pistas.

— Compreendo...

— Sobre a teoria, é bem simples: estamos atrás de um completo louco, alguém sem um foco. Ataques às mais prestigiosas galerias de Paris é sem dúvida um padrão, mas nada fundamental. Não roubou até agora, mas amanhã poderá passar a roubar. Enfim, estamos começando a nos render a esse raciocínio, que chamei de teoria, porque o tempo passa e não conseguimos evoluir. Nem sequer existe uma caçada.

Mais uma vez Marie ficou em silêncio, burilando para si cada palavra. De fato estavam perdidos. Tanto que começaram a desenvolver suposições distantes da realidade. O cenário beirava o patético.

— Olha, não estou dizendo que vou aceitar uma proposta, mas deixe-me dizer algumas coisas.

Louis empertigou-se na cadeira. Ela até poderia ter achado divertido. Entretanto, a sensação de pena e aborrecimento eram mais fortes.

— Antes de mais nada, perguntas: esse sujeito, ou sujeita, ou grupo, enfim, está mirando apenas galerias de arte, certo?
— Correto.
— Nenhum museu? Mansão?
— Mansão?
— Digo, alguma residência de um colecionador importante?
— Não, nenhuma. Pelo menos não até agora. Mas estão todos com esse receio. Por esse motivo fizeram questão de buscar por alguém capaz. Por alguém que...
— ... Por mim?
— É isso. Por você.

Por um breve momento, Marie tamborilou os dedos da mão direita em cima da toalha branca, e então continuou.
— Nada foi roubado? Nenhuma peça?
— Nenhuma.
— Essa informação é segura?
— Seguríssima.
— E jamais existiu qualquer tentativa de comunicação? Algum recado codificado?
— Codificado?
— Algo que não fosse muito óbvio, subentendido...
— Sim, sim, entendo o significado do termo, apenas fiquei surpreso com a hipótese, mas não existiu nada, nenhum tipo de contato.

Ela bem que tentou manter a postura sóbria, porém não conseguiu conter o ímpeto de sorrir. Do outro lado da mesa, um aturdido Collet olhava para ela. Respirou fundo e achou melhor ir direto ao ponto.
— Veja bem, se tudo o que você me disse segue um padrão, não entendo como se possa falar em falta de pistas.
— Mas...
— Preste bastante atenção: sempre existe um padrão. Sempre. Até a falta de uma rotina, como parece ser o caso,

pode servir como referência. Você diz que apenas as galerias têm sofrido ataques e talvez exista um motivo específico para isso, mas meu palpite é de que logo museus e coleções particulares também sofrerão. Por outro lado, não há roubo, ou pelo menos não até agora. Se é um ponto intrigante? Talvez. O mais intrigante de todos? Discordo. No fundo, me parece óbvio: os alvos não são as obras, mas as galerias, o negócio em si. É por esse motivo, aliás, que não tardará a mirar em museus.

— Mas e por que ainda não o fez? — perguntou ele.

— Quanto às casas de colecionadores eu não sei, ainda é difícil garantir, mas talvez porque não dariam a mesma repercussão. Afinal, se não existe interesse em roubar nada, a ação pareceria apenas um ato de vandalismo. É um palpite.

Outro breve silêncio. Ambos tomaram um gole de água. Collet parecia querer falar, entretanto permaneceu em silêncio, na expectativa de que Marie tivesse algo mais a dizer. Uma sábia escolha.

— Apesar de o universo ser o mesmo, e de existir uma óbvia ligação entre eles, as relações estabelecidas entre colecionadores, galerias e museus com seus acervos é bem diferente. Enquanto os primeiros comercializam e reúnem um grande número de obras e cobram para que elas possam ser contempladas, os colecionadores obtêm acesso praticamente exclusivo a elas, a não ser quando as emprestam para alguma exposição ou decidem renegociá-las. Claro, assim como o colecionador, os museus também são donos de seus acervos, mas a ideia de que um único indivíduo possa adquirir obras importantes impõe mais força.

— Você falou em comercializar... Museus não vendem obras de arte, vendem?

— De certa forma sim, ao venderem ingressos. Continuam mantendo seu acervo, mas lucram com as obras, não lucram? Sem falar que em algum momento a obra foi adquirida para estar ali. Inclusive, em alguns casos, e como o senhor deve saber muito bem, de maneira controversa.

— Sim...

— Respondendo à sua pergunta, talvez os autores desses ataques ainda não tenham mirado em museus pela dificuldade, uma vez que os aparatos de segurança certamente devem ser mais engenhosos, porém não acho que vão tardar a dar este passo.

— E o que faz você ter tanta certeza disso?

— Além de tudo que já disse? Quantas galerias ele já atacou?

— Todas. Quero dizer, as mais importantes.

— *Voilà* — sapecou Marie com um sorriso de esguelha.

A conversa prosseguiu durante o almoço. Ela pediu filé com fritas e uma taça de Bordeaux; ele, arenque com salada de batatas e um cálice de Sancerre. Ao final, Louis não conseguia conter a ansiedade pelo acerto, entretanto Marie preferiu arrefecer os ânimos.

— E então, o que me diz?

— Acho melhor continuarmos amanhã. Por volta deste mesmo horário, no jardim de inverno do Grand Hotel, estaria bom para o senhor? — sugeriu ela de maneira direta.

— Hã? Está certo, eu entendo... mais alguma coisa? Quero dizer, na próxima conversa acho que serei capaz de trazer novas informações — informou Collet, caprichando em uma postura de subserviência incapaz de seduzir Marie.

— Por enquanto nada, porém não se preocupe, independente da decisão que vier a tomar, serei franca.

— Decisão? Está bem, está bem. Espero que possamos caminhar juntos. Fizemos uma busca extensa antes de chegar ao seu nome... — ensaiou ele em seguida, ainda mal percebendo o semblante enfastiado dela.

— Pois insisto, pode ficar tranquilo — ponderou ela em um tom ainda mais frio.

— Tudo bem, eu entendo — começou a dizer ele.— Escuta, você quer uma sobremesa? Ouvi dizer que o crème brûlée é ótimo e...

— E é mesmo, conheço bem, sou cliente há tempos.

— Ah, jura? — ponderou ele à toa, para ganhar tempo e pensar em como sair da cena desconfortável. — Então está ótimo, preciso sair agora, aliás, vou justamente me encontrar com o pessoal, você não imagina como eles estão ansiosos e...

Marie até ouvia, mas continuava sustentando o semblante enfadonho anterior. Felizmente, daquela vez Collet não demorou a percebê-lo.

— Enfim, já está tudo pago, viu? Aguardaremos ansiosos pelo seu contato. Passar bem e obrigado pelo seu tempo.

Ela agradeceu e, de fato, por ali ficou, disposta a pedir a sobremesa.

Já ele, enquanto descia a rua Viviene, não resistiu em fazer logo a chamada. Uma seria o suficiente.

— Pode falar?

— Sim. Como foi?

— Ótimo.

— Mesmo? Então você está confiante?

— Diria que sim.

— Diria?

— Estou confiante. Ela não quis responder já, mas seu interesse foi indisfarçável.

— Caso não aceite, lembre-se, teremos de pensar em fazer uma proposta mais direta...

— Ela vai aceitar.

— O que faz você pensar assim?

— É o que conversamos tantas vezes antes: para alguém como ela, maníaca por desvendar casos desse tipo, disposta a correr todos os perigos, seria difícil resistir.

— Este caso é diferente.

— Qual é a diferença?

— Não existe roubo, não existem pistas, talvez ela ache muito difícil, e nós não podemos arriscar.

— Verdade quanto à ausência de roubos, já sobre as pistas ela tem outra opinião.

— Qual?

— Ela argumentou que sempre é possível encontrar alguma coisa, que pistas podem até estar escondidas, porém jamais são cem por cento irrastreáveis. Fique tranquilo, já falamos sobre isso, de uma maneira ou de outra não correremos o risco de perdê-la.

— E por qual motivo ela não fechou logo, então?

— Isso eu não posso afirmar, mas imagino que não desejasse parecer muito ansiosa durante a negociação. Normal, não acha?

— Vocês chegaram a tratar de valores?

— Não, nada ainda. Isso deve acontecer amanhã. Ela pediu um encontro no Grand Hotel, mesmo horário.

— Muito bem, então me ligue em seguida para dizer como foi.

— Deixa comigo.

— E nada de economizar, entendido? Faça uma oferta realmente tentadora. Se ela quiser mais grana, não tem problema, o importante é fechar o acordo.

— Está certo, telefonarei assim que terminar o encontro.

— Até lá.

— Até.

Durante o caminho de volta ao apartamento, Joan Marie Baker teve absoluta certeza sobre o seu futuro próximo. Nem sequer falaram sobre seus honorários, mas aquele era apenas um detalhe. Tanto pela insistência dele, quanto por sua própria vontade, duvidava muito de que deixariam de acertar por questões financeiras.

Como sempre, precisava sentir-se estimulada, e a verdade é que o discurso de Collet conseguiu fisgá-la. Chegou a irritar-se com as perguntas mal-elaboradas e a exagerada insegurança, excessiva até mesmo para quem não fosse especialista, porém era difícil não ficar instigada com o panorama que lhe tinha sido apresentado.

O que levaria alguém a vandalizar galerias de arte? Se não existia interesse em roubar obras e depois lucrar com suas vendas no mercado negro, então o que estaria por trás? De toda forma, e naquele aspecto ela estava segura, o alvo estava muito claro. Assim como estava segura sobre futuros ataques a museus. Era apenas uma questão de tempo, por mais que ainda não tivesse existido qualquer movimento do tipo. Se perguntada, não saberia explicar, mas de fato era capaz de visualizar e desfiar cenários enigmáticos com uma facilidade incomum.

Logo ao chegar preparou um café, tirou os sapatos e acomodou-se no sofá da sala. O objetivo era pensar sobre tudo o que ouvira, entretanto, de tão excitada, não conseguiu e achou melhor colocar logo em prática o que lhe ocorrera ainda durante o almoço com Collet.

Pegou um táxi até St. Germain, onde pediu para o motorista deixá-la na esquina da rua du Bac. Passou pelo Floire e o Deux Magots, quando então virou à esquerda na Bonaparte. Como era de esperar, as ruas ainda estavam cheias.

Mesmo já tendo caminhado pela região incontáveis vezes, e portanto sendo capaz de imaginar a cena sem precisar deslocar-se até ali, achou necessário verificar o panorama com seus próprios olhos, de modo a perceber tudo com absoluto realismo. Quem sabe até mesmo sentir a descarga de adrenalina gerada pelo ataque.

De onde teria vindo tanta coragem? Como não ficaram intimidados? As investigações, segundo uma superficial pesquisa que fizera na internet, indicavam que nenhuma investida ocorrera de dia ou durante a alta madrugada. Os horários limitavam-se àquele, a partir das 23h25 até 1h45. Duas da matina no máximo.

Posicionou-se na calçada do lado esquerdo na rua das Belas-Artes, de frente para o exato ponto onde, ao longo dos últimos três meses, as cinco mais prestigiosas galerias da cidade haviam sido atacadas, sendo que duas levaram pedradas nas vidraças, uma teve a maçaneta da porta destruída e a última fora atingida na porta por um saco plástico contendo tinta rosa que levou o dia inteiro para ser removida.

Aquele último ataque, diga-se, havia sido fundamental para que Collet e seu grupo decidissem chamá-la. Em plena Faubourg Saint-Honoré, a pequena galeria ficava próxima do Palácio Eliseu.

Olhou para cima e vasculhou as janelas dos prédios. Poucas estavam iluminadas. Pensando bem, mesmo se ainda fosse cedo, aquela era uma rua estreita, não faria muito sentido abrir a janela para olhar o prédio em frente. Um fumante? Até poderia ser, mas de todo modo não foi o que aconteceu — durante as investigações, a polícia perguntou em todos os prédios e ninguém confirmou ter visto algo de suspeito. No máximo foram até a janela após o barulho, mas nesse ponto já não havia ninguém à vista.

Os detalhes percebidos em cada uma das ações deixaram Marie ainda mais interessada pelo caso. Seria exagero dizer que estava perto de levantar suspeitas, mas as próprias variações nos ataques ajudaram e aos poucos conseguia desenhar um ainda tímido mapa envolvendo todos os elementos.

De tão empolgada com o vislumbre do quebra-cabeça que se esparramava à sua frente, decidiu voltar logo para o apartamento. Precisava colocar os pensamentos no papel. Separar cada detalhe para depois organizá-los em ordem cronológica. Só então poderia compreender com exatidão as reais chances de sucesso que teria.

PARIS

(memórias, agosto de 2004 a março de 2005)

13

Plena madrugada, Marie fizera sexo por horas com um paquera italiano que conhecera em Londres, inquilino em um pequeno apartamento no Quartier Latin. Tinha aproveitado um feriado para visitá-lo e tomaria o trem de volta para Kings Cross na manhã seguinte.

Ela começava a ganhar espaço no importante St. James Hotel e havia recém-adquirido um estúdio em South Kensington. Levava uma vida sem muitos contratempos, suas duas grandes ambições resumiam-se em continuar subindo posições no emprego e encontrar um homem que a resgatasse de aventuras amorosas vazias como aquela.

Adormecera com facilidade, mas a perspectiva de um bom sono ruiu quando precisou acordar para ir ao banheiro. Desperta, decidiu acessar a internet na esperança de que a luz do monitor cansasse seus olhos e assim trouxesse o sono de volta.

Ou pelo menos era aquele o plano, até que, navegando a esmo por sites de notícia, deparou-se com a manchete que mudaria sua vida: "Mascarados assaltam Museu em Oslo."

Releu o título com curiosidade e logo deteve-se no corpo do assunto. O artigo relatava como um grupo de homens vestindo gorros negros e armados até os dentes invadiram o Museu Munch em plena luz do dia, em seguida saindo de lá com obras valiosas, dentre as quais *O Grito*, de Edward Munch, debaixo do braço.

Fez questão de percorrer os sites de grandes jornais, agências e não teve dificuldade em encontrar matérias mais amplas, trazendo depoimentos dos seguranças do museu, policiais e curadores avaliando as obras.

Quando percebeu o dia amanhecendo, cogitou forçar--se a dormir, porém conhecia a si mesma o suficiente para ter certeza de que seria impossível. Sua cabeça fervilhava.

Era uma apreciadora das artes e ficou impressionada com a audácia dos ladrões, entretanto ainda mais intrigantes foram os acontecimentos posteriores.

Durante todo o dia, desde o momento em que se despediu do rapaz, contando o tempo de viagem até Londres e a reentrada no hotel pouco antes do horário do almoço, nem por um instante deixou de pensar no assunto.

Sentia-se cansada pela noite maldormida e ainda assim a ânsia pelo tema ultrapassava o desejo por um descanso reparador. Após um banho gelado e uma sopa de cebola, preparou uma grande xícara de café, sentou-se na cama, pôs o travesseiro na vertical, recostou-se com o laptop no colo e tratou de pesquisar mais.

Acordou, o corpo na diagonal, laptop do lado, aberto em cima do colchão, a bateria já descarregada.

De início sentiu o pânico típico de quem desperta imaginando-se atrasado para um compromisso importante, porém logo acalmou-se ao verificar no relógio de cabeceira que mal passavam das seis. Olhou em volta, percebeu que havia adormecido sem nem mesmo preparar a cama e respirou fundo. Precisava se arrumar para o trabalho. Mas sabia que algo nela havia mudado.

A partir daquele dia acompanhou todas as notícias envolvendo o desenrolar da investigação e, se não encontrava nenhuma à respeito, tratava de buscá-las. Com o passar do tempo, as matérias foram rareando, e a cobertura da imprensa foi ficando menos constante, mas não o seu interesse. Tanto que, aproveitando um feriado antecipado, decidiu ir até Oslo para visitar o museu. Já corriam seis meses do roubo, e desejava sentir o clima do lugar, como também informar-se ainda mais sobre a evolução das buscas. Imaginava que ali teria mais dados e que, pelo menos de uma maneira geral, as pessoas estariam mais interessadas.

Pois já no primeiro dia seu sentimento oscilou entre a desolação e a revolta.

Nada era como imaginara, a imprensa nem sequer perseguia a questão da maneira impiedosa como havia suposto. De fato, quando puxou assunto sobre o tema — o que aconteceu algumas vezes, inclusive no próprio museu —, pôde perceber certa comoção e aborrecimento, mas nada além.

A primeira centelha despercebida provavelmente surgiu ali, e a partir de então tornou-se natural, quase automático, encarnar o papel de alguém que estivesse de fato investigando o episódio.

Não foram poucas as vezes em que chegou a pensar no aparato à disposição da polícia e das agências de segurança. Àquela altura, certamente ambas deveriam estar debruçadas sobre um caso tão alardeado. Além do mais, contavam com pessoas experientes e capacitadas.

Pois de nada adiantou. Mesmo com toda sorte de ressalvas, por mais lógicas e irrefutáveis que fossem, continuou em frente.

Dias depois, já de volta a Londres, ao deixar o hotel no intervalo do almoço, acomodou-se em uma das espreguiçadeiras públicas espalhadas no parque Victoria e escreveu quatro perguntas fundamentais: *Quem? Por quê? Onde? Como?*

Apenas graças a um visitante do museu que passava na hora e fez o registro, a imprensa conseguiu divulgar uma imagem de duas pessoas mascaradas deixando o local com as telas em um Audi A6 preto.

Em depoimento, a mesma testemunha contou que o carro estava ocupado somente por um motorista, com o motor ligado, porta-malas aberto, e que, logo após acomodarem as obras, o dito-cujo saiu em disparada.

Várias perguntas surgiam para Marie, e todas com o mesmo grau de importância. Qual seria o destino das obras? Teriam sido encomendadas por alguém ou roubadas para serem revendidas no mercado negro? Onde estaria o grupo responsável pelo roubo? Como encontrá-los?

Ocorreu-lhe de forçar-se a pensar como o bandido, alguém que desejasse assaltar um museu. Antes, entretanto, partiu da premissa de que o golpe clássico, cristalizado no imaginário popular, do gatuno que furtava obras valiosas e depois fugia sem deixar rastros, na prática já não existia.

Com tantos sistemas de segurança modernos, alarmes, não apenas gerais, mas também individualizados em salas e até mesmo nas obras, ações daquele tipo seriam inviáveis.

Sendo assim, qual seria a única saída para quem desejasse furtar ou mesmo roubar um museu?

A conclusão que surgiu em sua mente parecia tão óbvia quanto difícil de assimilar: *Mas é claro, agir durante o período em que pelo menos parte dos dispositivos estivessem desligados!*

Aos poucos, enquanto a grande mídia considerou a ação espetacular justamente por ter acontecido durante o dia, envolvendo homens mascarados, armados e um carro esperando para fugir em disparada, Marie começava a ponderar no sentido oposto.

Apelar para o uso de armas, mesmo admitindo que elas garantiriam o sucesso da primeira etapa da ação —

conquistar o objeto de valor —, não tinha nada de peculiar e ainda pecava pela falta de sutileza. Depois, é verdade, deveriam conseguir uma maneira de fugir com rapidez, e portanto ter um comparsa esperando no carro fazia sentido, porém novamente não via motivo para tanto assombro. Só mesmo pelo inusitado do ato.

Quando deu por si, traçara vários itens postos no papel e não chegou a qualquer conclusão animadora, o grupo poderia ter fugido para qualquer ponto do planeta e as peças já deviam estar enfeitando a casa de algum comprador.

Olhou para o relógio, confirmou que o horário do intervalo já terminava e voltou para o hotel.

Passaram-se alguns dias até que finalmente decidisse arriscar um movimento de verdade. Calculasse errado e então seria de fato complicado explicar-se à polícia. Meditou muito e, uma vez convicta do que precisava ser feito, executou o plano.

À perfeição.

Era uma sexta-feira quando avisou no hotel que precisaria se ausentar no início da outra semana, sem deixar margem para que lhe negassem o pedido. De certa forma, impôs a necessidade ao alegar questões pessoais urgentes. Pelos olhares que recebeu, teve absoluta certeza, se estivesse por acontecer uma promoção, suas chances haviam evaporado ali.

Pegou o trem bem cedo, desembarcando na Gare du Nord às 9h25. Tratou de verificar a previsão do tempo antes de sair de casa: sabendo que não faria calor, mas dia nublado com temperatura amena, decidiu-se por calça jeans escura, sapatos marrons, camisa branca de botões e um blazer de *tweed* combinando com os sapatos. Dentro da bolsa uma echarpe de seda rosa, carteira, um fino laptop, carregador, chaves de casa e o estojo dos óculos.

Em seguida utilizou o metrô para chegar à estação Hotel de Ville, que não por acaso desembocava na calçada do dito-cujo. Ao subir as escadarias e chegar à superfície, tratou de contornar o imponente prédio pela direita, até a entrada da biblioteca, e lá deixou sua identidade na portaria, trocando-a por um cartão magnético que mais à frente permitiria a passagem até o corredor dos elevadores.

Instantes depois, ao empurrar a imensa porta de madeira e contemplar o salão, sentiu um inesperado frio na barriga.

Tarde demais, garota, pensou.

Se o pé-direito alto e a parte do teto em vidro permitindo entrada de luz natural impressionavam, assim como os andares superiores repletos de livros apenas visitáveis por passarelas suspensas, as compridas mesas comunitárias ladeando as prateleiras até a outra extremidade do salão impressionavam ainda mais. Sem falar nos abajures espaçados e naquele profundo silêncio. Mesmo com a quantidade de pessoas debruçadas sobre livros e laptops, se estivesse de olhos fechados poderia se imaginar em meio a um enorme espaço vazio.

Entrou com cuidado, dando cada passo bem devagar para não atrapalhar as pessoas enquanto buscava o lugar ideal para se sentar. Não apenas que estivesse livre, mas que fosse adequado para o andamento do plano como o havia elaborado. Quase no meio do salão, numa mesa à esquerda, encontrou o que procurava.

Melhor seria impossível..., disse a si mesma, avistando um lugar desocupado, de costas para a parede e quase de frente para a bibliotecária. Um ponto que lhe permitiria observar a sala com a maior amplidão possível.

Deu a volta, apoiou com delicadeza a bolsa em cima da mesa e despiu-se do blazer. Cada gesto com muita calma, de maneira quase robótica, como se estivesse fazendo mímica para uma plateia.

E estava. Nem por um segundo deixou de olhar detidamente para a mulher sentada ao lado.

Priscila Grieu, uma francesa de meia-idade, filha de pai francês e mãe brasileira, era muito querida na biblioteca do Hotel de Ville. A voz doce, os olhos castanhos e o sorriso contagiante completavam uma cândida personalidade. Era famosa por ser dura sem jamais alterar-se e também reconhecida como uma das pessoas mais perspicazes e cultas em todo o prédio, fosse pelos vários idiomas que falava com desenvoltura, fosse pela avidez com que devorava toda sorte de livros.

Não era a primeira biblioteca na qual trabalhava. Passara quase os últimos dez anos na sala de leitura do Museu Branly até ser mandada embora, graças aos planos de modernização dos serviços ao público implantados pela nova diretoria, que exigiam revisão médica de todos os funcionários.

Acontece que desde nova tinha dificuldades para enxergar a curta e média distâncias. Um astigmatismo leve, imperceptível no começo, que acabou por deixar sua vista direita inútil com o passar do tempo. O caso era operável, seu medo de salas de cirurgias é que não tinha remédio.

Recusava-se a admitir, entretanto aquela situação começava a atrapalhar não só o cotidiano, mas também suas funções profissionais — tanto óculos quanto lentes de contato apenas funcionavam como paliativos. Felizmente contou com a compreensão dos seus chefes antigos, que abafaram o motivo de sua demissão e conseguiram encaminhá-la ao Hotel de Ville.

Desde então, o temor de perder o emprego ganhou tanta força que não raro evitava usar óculos. Nem mesmo pedia auxílio quando não conseguia enxergar algo com absoluta nitidez, o que acontecia com frequência.

Dentre suas várias atribuições, como auxiliar na consulta de catálogos, coordenar pedidos de novos títulos, às vezes abrir e fechar a biblioteca, considerava assegurar o bom ambiente durante o horário aberto ao público a tarefa mais fácil de todas. Normalmente os frequentadores eram educados e conheciam as regras básicas de convivência. Quando não era o caso, a maioria tratava de reprimir quem não se adequasse. Pigarreios e olhares recriminatórios costumavam funcionar, apenas uma vez precisou verificar o que aparentou ser um início de discussão, mas não passava de uma jovem enjoada que precisava de auxílio.

Como de costume, tudo corria tranquilo àquela hora da manhã. Os lugares não estavam esgotados, mas a frequência era boa. Enquanto repassava a lista de títulos recém-adquiridos, vira e mexe levantava a cabeça para verificar as mesas. Ou quando ouvia a porta fechando, sinal de que alguém saía ou entrava na sala. Mesmo não enxergando muito bem, não deixava de ser uma forma de marcar presença.

Sorriu por puro reflexo quando percebeu aquela moça bonita de cabelos vermelhos. Parecia tímida, sem confiança. Acompanhou sua busca por um assento e teve a impressão de que seus olhares se cruzaram quando se decidiu por um lugar bem no seu campo de visão.

Logo o motivo ficou claro, escolhera precisamente aquele lugar para ficar ao lado da sua amiga.

Elena Cotto não era muito de frequentar bibliotecas. Quando precisava de paz para os trabalhos da faculdade nenhum lugar superava sua casa — uma verdade que durante os últimos dias só não se confirmou graças a uma barulhenta obra no vizinho.

Poderia ter ido a qualquer outra biblioteca, porém lhe disseram que ali era mais fácil conseguir lugar. De início tudo funcionara muito bem, de fato encontrara um posto bem-posicionado com extrema rapidez e logo envolveu-se com sua pesquisa sobre o Mercado Comum Europeu e os desafios do bloco em retomar a estabilidade econômica.

Sim, tudo funcionava bem, até chegar aquela mulher ruiva.

De tão compenetrada, mal percebera a sujeita ali, bem ao seu lado, encarando-a fixamente. Quase soltara um grito de susto. Depois, mesmo tendo ficado claros sua surpresa e seu desconforto, a mulher continuou agindo como se fossem amigas de longa data. Até por uma questão de educação, retribuíra seus sorrisos, enquanto ela gesticulava, apontando para seu computador, depois para o dela e em seguida para a cadeira, numa sequência de sinais que não fazia muito sentido. Era louca de pedra, só poderia ser. Chegou a cogitar mudar de lugar, entretanto como poderia fazê-lo sem parecer rude?

Lá pelas tantas chegou o momento que tinha todos os motivos para ser banal, mas que ganhara em dramaticidade com a estranha vizinha: como poderia ir ao banheiro? De que maneira poderia se ausentar?

Durante as últimas horas, desde sua chegada, a sensação de estar sendo vigiada apenas aumentara. De tempos em tempos a mulher virava-se em sua direção e sorria, como se estivessem conversando, apesar de não estarem emitindo qualquer palavra. Como se fossem íntimas mesmo sem terem se visto antes. Uma coisa mesmo insana. Por muito pouco não perguntou se havia algum problema ou, quem sabe, se não a estava confundindo com outra pessoa.

Sem dúvida, deixar suas coisas ali parecera arriscado, e no entanto sua vontade de ir ao banheiro só aumentava.

Repensou a situação até inadvertidamente levantar a cabeça, quando enfim encontrou a resposta: estavam bem de frente para a bibliotecária, que mal podia acontecer se apenas fosse ao banheiro?

Aliviada, convencida com o próprio raciocínio e até martirizando-se por esperar o pior de uma pessoa estranha cuja única culpa talvez fosse o excesso de simpatia, quem sabe até um flerte inapropriado, finalmente decidiu se levantar.

Quando outro ato inesperado se deu.

Por uma incrível coincidência, logo ao fazer menção de levantar, a sujeita de cabelos avermelhados fez o mesmo; virou-se para ela, olhou para baixo, em direção ao seu computador, e moveu os lábios como se dissesse "toilette". Então sorriu, encaminhou-se até a porta principal e saiu da sala.

O senso do ridículo alcançou patamares insuportáveis. Alimentou uma antipatia exagerada por uma estranha a ponto de desconfiar de que pudesse o quê? Furtá-la? E no entanto a própria deu sinais de absoluta confiança ao deixar seus pertences à mercê.

Olhou no relógio, 12h47. Precisava relaxar. Aproveitaria a pausa para ir ao outro lado da rua fazer um lanche.

E, quando retornasse, deixaria de fabricar suspeitas bobas. Pelo contrário, faria de tudo para retribuir as gentilezas daquela desconhecida.

14

Nem mesmo uma banheira de água morna até o pescoço era capaz de aquietar Marie. Também pudera; questionava-se tanto, e com perguntas de tal forma inquietantes, que relaxar seria de fato impossível.

Uma tormenta iniciada logo ao deixar a biblioteca e que ganhou vulto durante toda a viagem de volta. Relembrar seus próprios passos era inútil, já não havia nada a ser remediado, mas era igualmente irresistível.

A boa notícia era que para cada dúvida existia uma resposta. A aflição, por exemplo, era perfeitamente justificável, dada a adrenalina pela situação inédita na qual havia se colocado.

O plano era tão simples quanto deixar pistas falsas sobre um interesse seu em comprar *O Grito*, ou mesmo dizer que a obra já estava em seu poder. Para colocar a estratégia em prática, enviaria mensagens anônimas a importantes galerias e fóruns especializados em obras de arte na internet. Alguém entraria em contato, restava apenas esperar até que mordessem a isca.

Se pensara no risco de rastrearem o IP da máquina? Muitas vezes. O que de imediato excluía a possibilidade de usar o seu laptop pessoal. Lan House? Chamava tanta atenção graças a seus cabelos vermelhos que na certa eles seriam lembrados caso uma investigação elaborada ganhasse vulto. Usar um disfarce? Também não. Fosse desmascarada por uma razão estúpida qualquer, impossível de prever, acharia melhor não ter de lidar com a fama que logo sucederia. Quem sabe até mesmo ganharia um apelido patético criado por algum tabloide sensacionalista.

Ideal mesmo era se afastar o máximo possível dos fatos, o que acima de tudo incluía encontrar um computador que não atraísse suspeitas e fosse fisicamente distante de sua casa.

Visualizar uma biblioteca foi até certo ponto natural. Resolver de que maneira poderia utilizar outra máquina que lhe desse o álibi perfeito seria imprescindível.

Chegou a cogitar pedir um computador emprestado, inventaria um problema qualquer na sua máquina, mas desistiu em seguida. O risco de ouvir um "não" seria grande e, depois, como poderia levantar mais suspeita do que pedindo uma máquina emprestada para enviar um e-mail? E se a dita-cuja estivesse configurada para gravar endereços?

Imaginou-se aproveitando a momentânea ausência de alguém para tomar seu lugar e então enviar a mensagem previamente salva em um pen-drive com a lista de destinatários. O dispositivo facilitava muito, sem dúvida, mas era improvável a ideia de que ninguém perceberia a troca de lugares. De resto, o que faria se, supondo fossem dribláveis todas aquelas preocupações, o dono do computador retornasse quando ainda estivesse utilizando a máquina dele?

Cada uma das hipóteses levantadas acabaram conduzindo-a para uma solução improvável: precisaria fazer com que observassem seu comportamento com naturalidade. Todos. Principalmente o dono do computador.

Teatralizar a cena em sua cabeça fez com que atentasse, e com enorme alívio, para a característica primordial em qualquer biblioteca: um obrigatório e sepulcral silêncio. Fosse outro o ambiente e ninguém se intimidaria em perguntar o motivo de tantas esquisitices, como aquele negócio de simular intimidade com desconhecidos. Isto sim perguntariam com todas as letras, questionariam com veemência e chamariam sua atenção sem pudores, porém nunca enquanto estivesse em uma biblioteca. Constrangidos pelo dever do silêncio, por mais curiosos e mesmo afrontados com seu comportamento, nada diriam.

A escolha pela biblioteca do Hotel de Ville, localizada entre o primeiro e o terceiro *arrondissements*, deu-se por uma questão de logística: a partir da estação de trem, deixar o prédio seria tão fácil quanto entrar.

Logo que chegou, preocupada com a possibilidade de futuras investigações se as coisas terminassem mal, e no entanto ainda fiel à estratégia da simulação, achou ótima a possibilidade de sentar-se tão visível para a bibliotecária. Melhor mesmo só a coincidência em encontrar, justamente ao seu lado, uma jovem com um laptop idêntico ao seu.

Aquele não passaria de um detalhe à toa se para ela fingir intimidade com uma completa estranha não fosse o maior desafio de todos, entretanto acabou ajudando a construir o cenário. Fabricou a desculpa necessária para estabelecer o primeiro contato: olhar primeiro para sua máquina, depois para a da vizinha e em seguida um sorriso besta. Que foi sustentado até ser percebido.

Em retribuição, além da expressão de susto, recebeu um tímido aceno de consentimento. Ali precisou se conter para não olhar em volta. Seria ótimo caso outras pessoas tivessem observado um momento que aparentava cumplicidade, mas o testemunho de uma pessoa apenas era fundamental.

Discretamente olhou para a bibliotecária e confirmou que eram observadas. Ótimo!

A partir daquele momento, já em seu lugar e confiante como em poucas vezes, desatou a sorrir insistentemente para a sujeita ao lado. Arriscava criar uma situação de desconforto exagerado, mas estava convicta da necessidade de deixar explícita a ligação entre elas.

Além do que, em sua cabeça já havia antecipado o próximo passo.

Por motivos óbvios, a única situação em que poderia utilizar uma máquina que não fosse a sua, descontando um pedido formal, seria na ausência de seu dono. Uma situação só razoável de se imaginar quando este deixasse a sala para atender uma chamada no celular, ir ao banheiro ou qualquer outra razão que o fizesse se levantar sem levar consigo o equipamento.

Ideal mesmo, porém, seria antecipar, ou pelo menos ter uma noção de quando esse momento aconteceria.

Daí surgiu a ideia de mostrar-se inconveniente. Assim, quando percebesse a intenção da outra em se levantar, tomaria a frente, apostando que na certa ela hesitaria e preferiria aguardar para sair. Afinal, a ninguém que passa um bom tempo sendo assediado agrada a ideia de ficar a sós no banheiro com o inconveniente em pessoa. Então, quando voltasse, seria a sua vez de vê-la deixar a sala. Teria um mínimo de controle, pelo menos com relação ao tempo.

Sabia dos riscos. Caso exagerasse na interpretação, poderia fazer com que a moça deixasse de vez a biblioteca, ou até mesmo fizesse uma queixa formal à bibliotecária. Além do mais, como poderia ter certeza do seu paradeiro? E se o intervalo de tempo fosse curto demais? E se não fosse ao banheiro? Por uma série de motivos seu plano poderia dar errado. Até mesmo abortar a missão era uma possibilidade.

As avaliações, todas, deveriam ser feitas na hora, sem muito tempo para ressalvas. Por outro lado, só mantendo a estratégia, comportando-se de maneira psicótica e antecipando no último instante o movimento ao lado, teria alguma referência.

Seu coração gelou quando retornou, após passar alguns minutos dentro do banheiro contados no relógio, e não a encontrou mais lá. Chegou a pensar que tudo havia ido por água abaixo, porém, ao aproximar-se da mesa, percebeu o casaco na cadeira e o computador apenas parcialmente fechado.

Chegou a se perguntar para onde ela teria ido e já dava meia-volta em direção à porta quando a inesperada ajuda apareceu. Sentiu uma suave mão em seu ombro e, ao virar-se, mal conteve a surpresa.

— A senhora está procurando por sua amiga? Ela deve ter ido lanchar alguma coisa lá embaixo. É nova por aqui, não me lembro de tê-la visto antes, mas percebi quando segurava a carteira e deixava o computador em repouso. Imagino que logo esteja de volta.

A bibliotecária falava tão baixo e seu hálito era tão pesado que foi preciso muito esforço para não demonstrar contrariedade, e no entanto a notícia era fantástica. Não precisaria de uma eternidade para mandar um e-mail, porém era divina a perspectiva de que teria tempo de folga para agir. Ter sido avisada pela própria bibliotecária, aliás, era a garantia de que acertara em cheio na encenação inicial. Tanto no jeito quanto na insistência. Com toda a certeza, alguns daqueles momentos teriam ficado registrados para a funcionária da exata maneira que pretendia.

— Ah, é? Fui ao banheiro e não a encontrei na volta... Muito obrigada, vou ligar para ela e ver onde pode ter ido... — respondeu, também quase aos sussurros.

— Vocês não são daqui, certo? Pergunto porque são as duas únicas que não costumam vir a esta hora.

— É, não somos... Precisamos terminar um trabalho, por isso combinamos de vir juntas...

— Mas vocês não chegaram juntas, sua amiga já estava antes...

— Ah, sim, sim, é verdade, eu me atrasei. Talvez tenha sido isso, ela ficou meio brava e decidiu lanchar sozinha — disse Marie, arriscando um sorriso.

— Ah, sim, agora entendo, mas que bobagem, quando você entrou ela havia chegado nem dez minutos antes...

— Sim, eu sei. Bem, vou falar com ela.

— Posso lhe pedir uma coisa?

— Hum... sim, claro...

— Ainda que do lado de fora da sala, evite usar o telefone. Às vezes, de tanto ficarem confinadas em silêncio, quando deixam a sala as pessoas exageram no volume das conversas e mesmo com a porta fechada atrapalham quem está aqui dentro. Acabamos ouvindo tudo. Eu pediria a você, se quiser muito entrar em contato com ela, que mande uma mensagem. Ainda que, como disse, não imagine que vá demorar.

— Pois não, a senhora está certa, vou voltar para o meu lugar.

— Muito obrigada pela compreensão.

— Não precisa agradecer, eu que agradeço, viu? De verdade.

O caminho de volta até a cadeira foi das experiências mais agonizantes que Marie experimentou. Sua vontade era de correr em disparada até o computador da sujeita, acessar a conta de e-mail gratuita criada previamente, encaixar o pen-drive no terminal, copiar o texto, endereços, colar tudo e enviar de uma vez a mensagem.

Em seguida deixaria a sala da maneira mais rápida e discreta possível, pegaria o trem de volta para Londres e aguardaria os desdobramentos na segurança do seu lar.

Porém não seria inteligente.

Pelo contrário, deveria agir de maneira tranquila, como se nada de especial tivesse acontecido. O momento permitia colher os frutos do teatro bem-executado, tanto com sua vizinha de cadeira quanto com a bibliotecária, e não o de se afobar. Do contrário, caso agisse com nervosismo, poderia suscitar suspeitas e colocar todo o plano em risco.

Já acomodada, pegou o celular e começou a simular o gestual de quem estava enviando mensagens; deu alguns segundos e olhou para a bibliotecária. Apostava que a estaria observando, certificando-se de que seguira sua dica, e assim foi. Ao ser pega desprevenida, a funcionária dispensou um sorriso cúmplice, e aquele foi o momento decisivo: no mesmo instante, tendo absoluta confiança de que estava sendo observada, Marie olhou novamente para a tela do celular, caprichou na postura corporal como se estivesse recebendo uma nova mensagem e levantou a tela do computador vizinho. Demorou-se um pouco, como se procurasse alguma informação, depois empertigou-se na cadeira e mais uma vez simulou que estivesse escrevendo outra mensagem de texto no telefone.

O frio na barriga piorou. Ali já não seria interessante voltar a esticar os olhos para a bibliotecária, sob pena de passar a impressão de que estava fazendo algo errado. Bem ao contrário, deveria ignorá-la, reforçando assim a ideia de que tinha toda a liberdade para abrir o computador da pretensa amiga.

Esperou mais um minuto contado no relógio para confirmar. Nada. Ninguém apareceu. A cada instante sua apreensão aumentava, até que não resistiu em olhar mais uma vez para o lugar onde estaria a bibliotecária. Vazio. Aonde teria ido? Banheiro? Deixara a sala? Fora fazer alguma consideração a respeito do seu estranho comportamento? Já não interessava mais, o momento crucial havia chegado, já não podia esperar. Escorregou para a cadeira ao lado, tirou o pequeno pen-drive da bolsa e encaixou-o na fenda ao lado do terminal.

A partir dali, toda a operação durou menos de um minuto, ainda que parecesse uma eternidade. Quase sem fôlego, logo deixava a sala a passadas largas, já não se importando com o barulho.

Quando descia o lance de escadas que levava aos elevadores, percebeu a distância a bibliotecária conversando com um segurança, e ao sair do elevador, já no térreo, deu de cara com a vizinha de mesa voltando ao prédio.

Ela ofereceu um enorme sorriso, mas Marie não retribuiu.

Apenas acelerou o passo rumo às escadas do metrô.

(semanas depois)

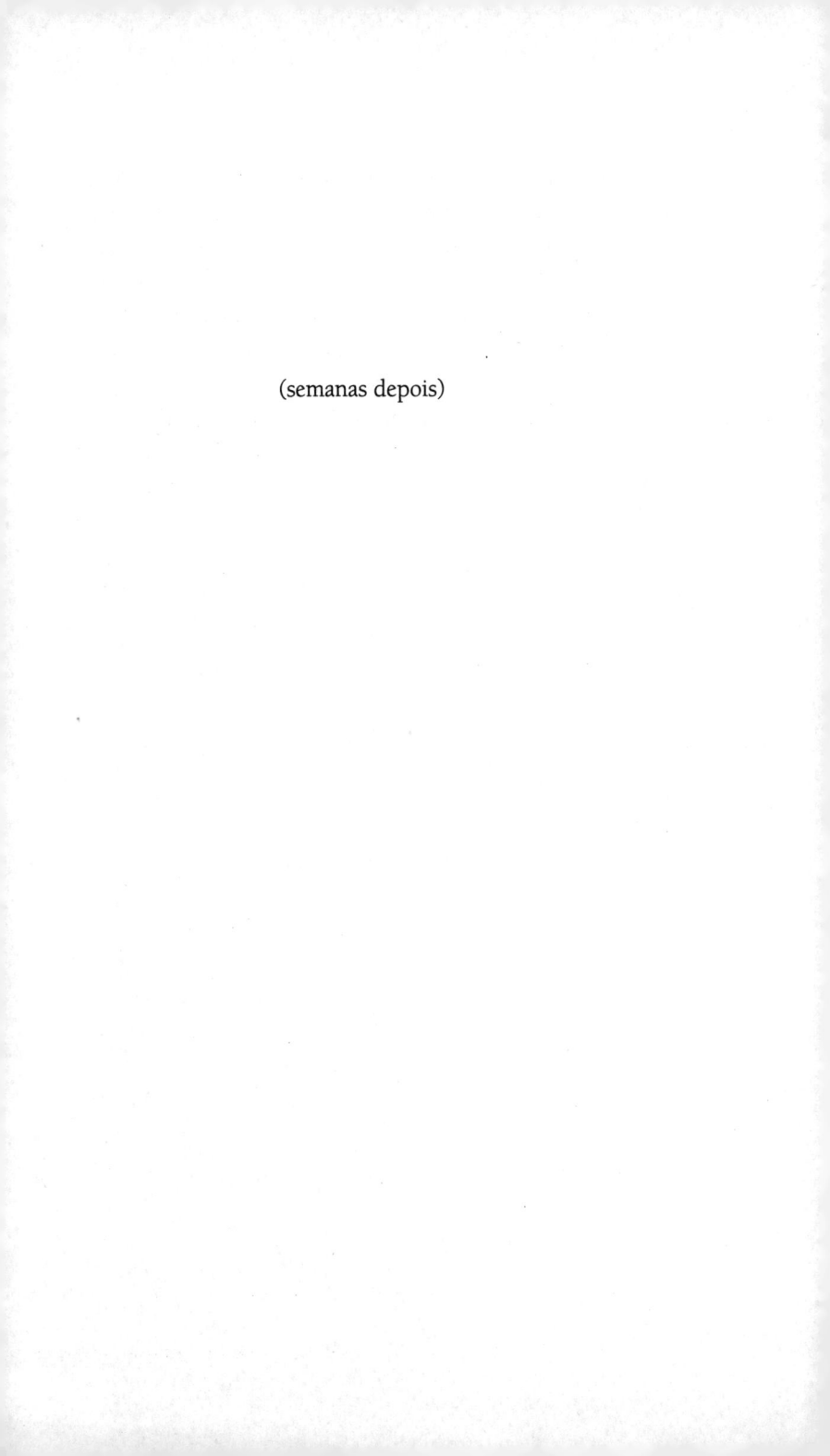

15

FAZIA UMA TARDE ENSOLARADA quando Marie sentou-se com William Kemper, Pierre Bouchard e Alexander Kass na varanda do Pellicano, um discreto restaurante italiano em South Kensington.

Estranhos que olhassem a cena veriam um simples almoço entre amigos, não poderiam imaginar que ali estavam representadas as polícias francesa e norueguesa, além da Interpol.

Muito menos que, se possível fosse, ainda mais pessoas estariam presentes, todas interessadas em saber o que Marie tinha a dizer.

Sua primeira reação, logo que a convidaram para almoçar, admitindo com franqueza que não se tratara de um convite e sim de uma espécie de intimação, fora de divertido relaxamento. Poderiam fazer-lhe algo de mal? Acusá-la de alguma coisa? Machucá-la? Torturá-la? *Nada disso, fique calma!*, chegou a pensar.

Poderia colocar-se em alguma situação perigosa, de fato, mas tudo dependeria de sua atitude, do que dissesse. Afinal, o que havia feito de tão horrível assim? Interferira na investigação? Provavelmente, mas sendo uma cidadã comum, uma civil, sempre poderia alegar ignorância. Por fim, a grande verdade era que havia solucionado um caso muito distante de ser resolvido pelas principais agências de segurança internacionais.

Bouchard e Kass pareciam furiosos, embora não falassem alto, enquanto Kemper mantinha-se em silêncio o tempo todo. Pela postura de cada um, tivesse que apostar, diria que o agente da Interpol se sentia acima dos outros dois. E que talvez os três haviam se encontrado antes, quando Kemper instruíra o francês e o norueguês a intimidá-la de todas as formas possíveis. Aquele era apenas um palpite.

— A senhorita não vai dizer mais nada? É uma escolha sua, mas talvez se arrependa depois — dizia Kass.

— Não me parece muito inteligente de sua parte, minha jovem, talvez você esteja achando que fez grande coisa, sentindo-se uma heroína, mas no final das contas está quase tão errada quanto os próprios ladrões — continuou Bouchard.

— Talvez possa até ser acusada de tê-los ajudado: e se você esteve junto do bando o tempo todo e de repente se desentendeu com eles quanto à sua parte nos lucros? — instigou o norueguês.

— Foi isso, não foi? Você articulou todo o golpe e quando tentaram te passar a perna resolveu jogar tudo pelos ares! — arrematou o francês com um forte sotaque de quem morou muito tempo distante do país.

— E agora ainda espera sair por cima... Não é? — concluiu Kass.

Àquela altura, o temor já não existia, apenas a vontade de rir. Tinha à disposição uma variedade de álibis para provar sua inocência, e se pretendiam amedrontá-la estavam realizando um péssimo trabalho. Mesmo que não tivessem certeza absoluta de sua inocência, a princípio uma possibilidade, os argumentos mais intrigantes logo sucumbiriam à postura exageradamente intimidadora. Sem falar na inventividade deles. Quer dizer, então, que teria ajudado os bandidos, discutido pelo dinheiro e depois, aborrecida, afundou o mesmo barco no qual estava inserida?

Em cima da mesa só havia café e água. Além do seu prato. Enquanto escutava o festival de rosnares, terminava o espaguete ao vôngole que havia pedido. Ao final da refeição, deu um último gole de vinho branco, correu os olhos de todos até encontrar os de William Kemper. Estava claro, também ele lamentava o desempenho dos parceiros. E resolveu falar.

— Você pode me dizer o que significa isto daqui? — perguntou ele, tirando do bolso interno do paletó um papel dobrado, empurrando-o pela mesa até sua frente.

Marie sentia o olhar de todos enquanto abria o bilhete. Estavam esperando qualquer reação sua, por menor que fosse. Uma reação que nunca chegou. Manteve a mesma expressão que adotara desde o início. Nem mesmo alterou um único músculo, mordiscou seus lábios, engoliu saliva ou arrumou o cabelo. Nada.

Na verdade não foi tão difícil assim. Já esperava por aquilo.

Olá!
Quase te deixo escapulir, mas, ainda bem, te percebi. Unidos seremos melhores, mais fortes e felizes. Estou mentindo? Raios me partam ao meio se for mentira. Ontem mesmo, ao pensar em você, me dei conta do quanto me fez falta. Um dia eu explico com mais calma, prometo. Mas não agora. Então, quando chegar a hora, tudo será esclarecido. Nada do que acontecer até lá terá importância. Confie em mim, te peço. Ora, sei como deve ser difícil. Nada assim é muito fácil. Talvez por culpa sua, talvez por culpa nossa. Relutarei em desistir, saiba disto. Olho no olho, é só o que peço.

— Não faço ideia — respondeu em tom neutro.

— Como não faz ideia? Você acha mesmo que vai sair daqui sem nos dizer do que se trata esta mensagem? — explodiu Kass, para surpresa de Bouchard e desconforto de Kemper em especial. A ninguém interessava uma cena ali, e um assunto como aquele não deveria ser alardeado.

Então Marie decidiu confortá-lo.

— Com toda a franqueza, o senhor vai me desculpar, mas de onde tirou que minha interpretação sobre um texto que jamais vi antes poderia ajudar?

Kass espumava. E continou.

— A senhorita sabe muito bem como! — bradou ele, incitando os olhares de reprovação, tanto de Bouchard quanto de Kemper, que chegou a fazer um gesto com a mão para induzi-lo a diminuir o tom. Aparentemente funcionou.

— Enviaram esta mensagem para algumas galerias e grupos de colecionadores. Depois, a partir de nossas investigações, pois sim, não pense a senhora que não fazemos nosso trabalho, descobrimos vários diálogos, também sem pé nem cabeça. A pista parou aí e de repente...

— De repente...? — Marie quase sorria.

— De repente surge a senhora como a fada madrinha, nos indicando o lugar onde estavam as obras!

— Não gostou, foi? Achou ruim? — ela já não escondia o divertimento com o diálogo.

— Se achei ruim? Olha, a senho...

Basta!, pensou ela, e não deixou Bouchard terminar. A cena continuava engraçada, nenhuma das boçais tentativas de intimidação por parte deles a preocupou, ainda mais após ter observado Kemper o tempo inteiro e constatando que ele mesmo já havia desistido de extrair qualquer informação preciosa dela. Não seria daquele jeito, ameaçando e na base de falsas insinuações, que conseguiriam sua colaboração. Sem contar que, colaboração, no puro sentido do termo, jamais teriam igual a que ela já dispensara.

— O que o senhor tem contra mim? Me diga agora, pois meu delicioso almoço já acabou e não tenho tempo para ouvir este joguinho previsível. O senhor pretende me acusar de alguma coisa? Vai me levar presa? O que pretende? Não enviei e-mail algum para ninguém. Não reconheço este texto como sendo meu, não saiu da minha conta de e-mail ou do meu computador pessoal. Algo mais?

— A senhora precisa concordar que é no mínimo uma grande coincidência...

— Cavalheiros, acho melhor pararmos por aqui. Vocês ouviram a senhorita Baker. Perdoe nossas impertinências, só estávamos tentando fazer nosso trabalho e muito obrigado por sua colaboração.

Kass ensaiara continuar o falatório de uma forma amena, entretanto foi interrompido por Kemper de maneira seca e definitiva. Ele concordou com um aceno de cabeça, os três se levantaram sem dizer mais nenhuma palavra, e logo Marie estava sozinha.

A sensação era inebriante. Jamais assumira e tivera sucesso em algo tão complexo. Era mesmo incrível imaginar que arquitetara tudo do início ao fim e nada dera errado.

16

— Oi.

A maioria das pessoas, quando leva um susto, ainda que por um segundo, tem desarticuladas todas as suas ações em curso até o derradeiro instante. Se estiver andando, por exemplo, o sujeito talvez até perca o equilíbrio. Quanto à respiração dá-se um fenômeno parecido: fica entrecortada, vacila e inclusive o coração tem o seu ritmo alterado.

Um encadeamento de desorganizações, enfim, na maioria das vezes seguido de lamento, murmúrio, berro e em alguns casos até palavrões.

Então, logo após esse momento dramático, comumente busca-se descobrir o motivo, quem ou o que por muito pouco não lhe impôs um fim tão fulminante quanto patético.

Com Marie não foi diferente.

— SEU FILHO DA PUTA!

— Opa! Calma, não queria te assustar!

— Quem está aí?

— Você parecia tão segura durante o almoço que esta reação me faz ter dúvidas, quem seria você de verdade?

Aos poucos Marie conseguiu esgueirar-se pelas paredes até alcançar o interruptor. E, quando acendeu a luz, o susto só não foi maior graças ao tom de voz familiar. A menção ao almoço também ajudou.

— O que você está fazendo aqui?

O nervosismo foi tamanho que ignorou por completo o ridículo da cena; vestia apenas uma larga malha de algodão cinza, com o escudo do Manchester United desbotando na altura do peito, esquecida ali por um antigo paquera. A calcinha branca, minúscula, somente permanecia incógnita graças à barra da camisa, e seus cabelos não poderiam estar mais despenteados. O celular na mão direita, empunhado como se fosse uma arma capaz de rechaçar invasores no meio da noite, terminava de emprestar um ar cômico à situação.

Contudo, o pior mesmo, além da confusão mental causada pelo espanto, era a sensação de que a qualquer momento passaria o maior vexame da sua vida se não usasse logo o banheiro — motivo pelo qual levantara da cama em primeiro lugar.

— Me perdoe pelo susto, de verdade, mas eu realmente precisava te ver — disse Kemper acomodado no canto da sala, na penumbra.

— Já ouviu falar em telefone? Que horas são? — retrucou Marie, pernas cruzadas tamanha era a aflição.

— Quase uma hora. Olha, não achei que fosse tarde e, como acabei de dizer, necessito muito desta conversa. Eu não podia mais esperar.

— Eu também não.

— Hã?

— Calma, é que eu preciso... Apenas fique aí, eu já volto! Você quer água? Sirva-se na geladeira... Não, melhor dizendo, me espere aí!

Ambos sentados, um de frente para o outro. Marie fez chá, vestiu calça de moletom, organizou o cabelo em um apertado coque e estava com as pernas cruzadas em cima da poltrona. Por sua vez, Kemper ainda vestia o paletó marrom que usara no Pellicano e permaneceu no mesmo lugar desde que, às escondidas, invadira o apartamento: uma cadeira de ferro fria, feia e mais utilizada por Marie como apoio para livros.

Em silêncio, Marie passou a observá-lo nos detalhes. Ele já deveria ter passado há muito dos cinquenta e tinha o físico de quem praticara esportes quando jovem, na certa algo que moldasse os ombros. E seu timbre de voz era bonito.

Fez aquelas e tantas outras constatações, algumas até involuntárias e embaraçosas, mas nem por um segundo deixou de prestar atenção em cada palavra que dizia. O susto fora tão grande que por um momento se esqueceu do quão preocupante deveria ser o fato de ter tido sua casa invadida por um estranho.

— Mais uma vez peço desculpas, não tinha a menor intenção de assustar.

— Você invadiu a minha casa de madrugada, ficou sentado no escuro me observando dormir e esperou que eu me levantasse para dizer "oi" como se me encontrasse no meio da rua, em plena luz do dia. Se não tinha intenção de me assustar, então só poderia querer provocar um infarto.

— Juro que não. Para ser sincero, não imaginei que já estivesse dormindo.

— Amanhã é segunda-feira, esqueceu? Eu trabalho. Começo às seis no hotel. E ainda que fosse qualquer outra data ou dia da semana, o que faz você achar que pode entrar na minha casa assim?

— O que faz lá?

— Minha função é na área gerencial, estou logo abaixo do gerente principal do hotel, cuido das reservas, mas por quê? E, se não se importa, por favor, me responda, como entrou aqui?

— Não subornei ninguém, fique tranquila. Digamos apenas que, para chegar aonde cheguei, você acaba aprendendo alguns truques facilitados pelo fato de nem toda fechadura ser de fato segura.

— E o que veio fazer aqui?

Até o momento, mesmo com a invasão, a conversa acontecia de maneira surdamente amistosa. Foi a impostação que Marie usou, ao fazer a pergunta, a responsável por levar Kemper a abrir o jogo.

— Você tem a mínima noção do que fez? Consegue entender? — questionou ele, descruzando as pernas e debruçando-se para a frente enquanto segurava a caneca com as duas mãos.

— Qual parte? — mesmo sem saber explicar o motivo, Marie não se sentia ameaçada. Algo lhe dizia que Kemper não havia ido até sua casa com intenções ruins, e mergulhava o sachê de camomila na água quente enquanto escutava com atenção.

— Perguntei se você sabe o que fez porque de fato não foi algo normal. Refiro-me, como você sabe bem, ao fato de ter solucionado um dos casos mais importantes de roubo de obras de arte dos últimos tempos.

Ao ouvir aquelas palavras, Marie percebeu que de fato não teve, pelo menos até ali, a exata noção do feito que alcançara. Contudo decidiu manter a pose.

— Sim, claro.

— "Sim, claro"? Só isso?

— É, quero dizer... Claro que entendo, acho que fiz algo bacana, não?

— Não.

— Não?

— Não. Pelo menos é esta a resposta oficial que eu seria obrigado a dar se alguém soubesse como conseguimos chegar até as obras. Mas para você, e só para você, acho que posso dizer com franqueza... Sim, Marie, você fez muito bem.

Você foi genial. Simplesmente genial — garantiu Kemper, caprichando na pausa para causar maior efeito.

Ela torceu para que ele não tivesse percebido seus olhos se enchendo de lágrimas. Quando a haviam elogiado daquela forma, usando palavras tão doces de serem escutadas e com tanta sinceridade? *Nunca!*

Percebeu que apertava com força a caneca, tanto que decidiu pousá-la na pequena mesa ao lado com medo de derrubá-la. Fez isso com alguma lentidão, para ganhar tempo, torcendo para que Kemper dissesse algo. Mas não aconteceu. Ele esperou em silêncio pelo fim de seu gesto.

Então ela soube que precisaria falar alguma coisa. Aproveitou para tirar uma dúvida.

— Fico feliz que tenha gostado. Alguém mais achou bom? Quando você diz que só pode admitir para mim que achou genial...

— Ah! Olha, estava me referindo à imprensa, mas a sua pergunta faz todo sentido, nem todo mundo bateu palmas para você, o que é natural.

— Mas por quê? Qual é o sentido em não ficar satisfeito com a solução encontrada? Vocês queriam reaver as obras, não queriam? — questionou ela em tom indignado.

— Sim, porém...

— E então? Não estão intactas?

— De fato, mas...

— Eu não entendo... Vocês deveriam é me agradecer, isso sim!

— Posso falar? — perguntou Kemper, até certo modo de maneira ríspida e sem aguardar resposta. — É natural que ninguém bata palmas, Marie, pare um instante para pensar. O mundo da investigação é duro, uma infinidade de ameaças e casos de interesse público, às vezes nacional e até mesmo internacional. Agentes, todos, em qualquer país, passam por treinos severos e são preparados justamente para resolver casos como esse. No fundo consideram-se, não sem razão, pessoas especiais, com capacidades acima da média.

Marie escutava atentamente. Não havia atinado para aquela perspectiva.

— Agora, imagine se você fosse uma pessoa assim, após todo esse treinamento que mencionei por alto, já tendo experiências de sucesso em diversos outros casos, sendo surpreendida por uma situação difícil de ser resolvida. Tão difícil que ameaça até mesmo sua inabalável confiança, construída durante uma carreira de sucesso.

Marie não dizia uma palavra, mas, claro, àquela altura seguia exatamente o que lhe era sugerido. Kemper continuou.

— Pior, além de perceber o tempo passando e a dificuldade em resolver o caso, lá pelas tantas surge alguém profissionalmente despreparado, ou pelo menos sem o mesmo treinamento, e resolve o caso com extrema facilidade. E não apenas o soluciona, como o entrega de bandeja. O que você diria se fosse um deles?

Marie precisava admitir que a irritação de Kass e Bouchard era mais do que compreensível.

— Não foi de maneira alguma a minha intenção, eu...

— Com certeza, não duvido disso, mas não deixou de ser frustrante para alguns. Desconcertante, para ser exato.

Então fez-se um momento de silêncio. Kemper não tirava os olhos de Marie enquanto ela, pensativa, olhava pela janela. Precisava temer? Afinal surgia uma pergunta inquietante: se Kass e Bouchard tentaram lhe arrancar declarações definitivas, é porque no fundo não tinham certeza de seu envolvimento. Entretanto, o que deduzir a respeito de Kemper se havia chegado ao ponto de invadir sua casa àquela hora?

— E você?

— O que tem eu?
— Pensa como eles?
— Se penso como eles?
— Tem as mesmas suspeitas?

Pela primeira vez Kemper riu. E foi uma risada seca, cínica, que incentivou Marie a ser absolutamente franca a partir daquele momento. Não fazia mais sentido tergiversar, permanecer na defensiva, muito menos responder a suas perguntas com outros questionamentos.

Se desde o almoço ficaram óbvias para ela as diferenças entre as posturas dos três investigadores, a ponto de aventar a possibilidade de que ele fosse uma espécie de líder no grupo, ali já não restava nenhuma dúvida. A entrada em seu apartamento e o discurso desde o início controlador compunham sem ressalvas a personalidade de alguém habituado a ditar as ordens.

— Está certo, podemos falar livremente? Tenho a sensação de que você já sabe de muita coisa. Talvez não com todos os detalhes, porém — colocou ela, de certa forma tentando delimitar também algum nível de controle sobre a conversa.

— Por favor. Sou todo ouvidos — retrucou Kemper.

— Mesmo porque você não parece ter vindo aqui para me fazer algum mal.

— Muito perspicaz — sentenciou ele.

Marie então levantou-se da poltrona. Era como se necessitasse de um palco. Os abajures acesos e a claridade da lua compunham o cenário à perfeição.

— Desde o início, quando decidi que descobriria o paradeiro das obras, tomei extremo cuidado com a questão da minha segurança. Temia não só o momento em que encararia pessoas perigosas, talvez até mesmo os próprios bandidos, mas também a polícia. Estava certa de que não ficariam felizes em me ver tratando de investigar por conta própria. Quem sabe talvez até me acusassem de conspirar com os assaltantes, hipótese essa que eu, confesso, considerei absurda até ouvir as palavras de Kass... — arrematou com explícito tom de ironia.

Abrir-se com Kemper era de certa maneira libertador, porém não era nada se comparado à transformação que, só durante a conversa percebeu, seria inevitável. Tanto quanto as duas perguntas cujas respostas ela já se desesperava para fazer: poderia dedicar-se exclusivamente ao trabalho de investigadora? Teria sucesso?

— *Quero um encontro* — disse-lhe Kemper, quebrando o momentâneo silêncio sem deixar de caprichar na entonação, enquanto a observava atentamente. Marie não pôde evitar um olhar de surpresa.

A expressão de forma alguma era inocente. Na verdade, correspondia exatamente à junção das iniciais de cada parágrafo no e-mail que enviara na biblioteca do Hotel de Ville.

— Kass bem que tentou, não é mesmo? Ele conseguiu farejar, mas não foi capaz de decodificar a mensagem. Cheguei a pensar em desmascarar o código ali, mas preferi ver até onde eles iriam.

— Pelo visto eles não são tão bons quanto você, não é? — colocou Marie, tentando ganhar tempo. Não deu certo.

— Diga-me, reparei que as trocas de mensagem, a partir do contato inicial, foram bem mais diretas. Quem te ajudou? Quero dizer, quem estava em Paris?

Outro momento delicado da conversa. Marie sabia que não restava outra saída a não ser contar toda a verdade. Ela respirou fundo e então recomeçou.

— Era eu.

— Você? Mas... — Kemper não conseguiu esconder a incredulidade.

— O tempo inteiro fui eu — disse, em seguida fazendo uma breve pausa. — Minha ideia era a de bolar um despiste perfeito a tal ponto que jamais instigasse uma conexão entre mim e as mensagens. Fui até a biblioteca e consegui ludibriar todos, da bibliotecária à dona do computador que utilizei para mandar a mensagem. Quando a quadrilha mordeu, precisei dar passos que não imaginei, admito, mas por outro lado já tinha ido longe demais para recuar.

Naquele momento o único integrante da plateia fez questão de demonstrar que concordava, acenando com a cabeça.

— Até certo ponto eles foram precavidos. Exigiram que eu fosse até São Petersburgo duas vezes, e em ambas as ocasiões fui instruída a passear em uma visita guiada pelo Hermitage. Cada um ali ganhava um fone de ouvido que ia relatando o histórico das obras de acordo com o passeio, exceto o meu. O que eu ouvi, durante toda a primeira visita, foi uma voz masculina, em francês impecável, fazendo todo tipo de ameaças. Mantive a calma, não fiz qualquer alarde. O museu estava lotado e ainda assim a qualidade do som era ótima, o que me fez ter certeza sobre a proximidade de quem falava.

Kemper não mexia um músculo.

— Na visita seguinte, um dia depois, o mesmo esquema se repetiu, com a diferença de que eu também fui habilitada a falar por meio de um pequeno microfone disfarçado. Ordenaram que eu ficasse por último no grupo de turistas para não chamar atenção. É claro que eu não teria como esconder por muito tempo a minha identidade, sendo assim achei melhor dar o passo definitivo e marcar o encontro para estabelecer uma negociação formal. Pelo fato de eu ser mulher, supus que eles jamais me imaginariam sozinha, o que acabou funcionando como garantia de que representava gente com dinheiro, capaz de jogar pesado.

Parou um instante para tomar um gole de chá, àquela altura em temperatura ambiente, mas também para ver se Kemper tinha algo a acrescentar. Ele, no entanto, permaneceu imóvel, visivelmente ansioso pelo desfecho do relato.

— De todo modo, jamais cheguei a ver as obras. Na minha segunda viagem até lá fiz um registro no mesmo hotel, um Holliday Inn perto do aeroporto. Liguei, confirmei o encontro para dali a trinta minutos em um café localizado no centro, escolhido por eles, e em seguida retornei para cá. Como você deve estar cansado de saber, liguei para a Interpol do orelhão na frente de casa dando o endereço do café e desligando logo depois. Tudo poderia ter dado errado, mas deu certo — concluiu ela.

Aos olhos de Marie, já não restavam dúvidas, Kemper estava irremediavelmente impressionado. Tanto que ele nem se preocupara em disfarçar sua postura corporal.

Ela se sentia vitoriosa como nunca antes.

Até ele começar a falar.

— Você foi incrível, principalmente corajosa, entretanto eu preciso comentar sua falta de cuidado e até de maturidade.

Se ela ainda estivesse bebericando o chá naquele segundo teria engasgado. Olhos esbugalhados, não perdia uma palavra que ele dizia.

— *Ok* para a solução adotada de início, a coisa toda na biblioteca foi realmente brilhante, entretanto as comunicações seguintes, somadas ao rastreamento do telefone público perto de casa e o depoimento da bibliotecária, falando sobre uma mulher ruiva, fizeram com que supor sua participação ganhasse cada vez mais força.

Foi a vez dele de fazer uma pausa. Como se degustasse a ansiedade estampada em seu rosto.

— E então veio o nosso convite para o almoço. O que deu em você, Marie? Queria se divertir? Perceber nosso espanto com as suas aventuras? — perguntou ele.

De fato, aquele era um questionamento que escancarava a mais pura verdade. Cedera ao ego, sucumbira à chance de confrontar homens mais preparados, treinados e experientes. Não resistiu à tentação de estar com eles e testemunhar suas expressões de incredulidade, em degustar de seus recalques machistas.

E no entanto acabara de descobrir que fizera tudo errado. Aceitar o convite para o almoço havia sido a peça que faltava para deixarem de suspeitar e passarem a ter certeza sobre seu envolvimento.

Como havia sido mesmo o convite? Ah, sim, um e-mail do próprio Kass apresentando suas credenciais e dizendo que gostaria de conversar. Depois, já na véspera, enviara outra mensagem, apenas informando das presenças de Bouchard e Kemper. Em nenhum momento antecipara o assunto e, claro, provavelmente aquele fora apenas mais um aspecto revelador. Se não demonstrara curiosidade é porque tinha certeza do que tratariam. Teria sido mais inteligente perguntar o motivo da comunicação imprópria e o porquê de não terem enviado uma correspondência se jamais fornecera seu e-mail pessoal.

Estava envergonhada. De uma desafiante e astuta detentora de segredos, capaz de estratégias ousadas, passara ao posto de prepotente e amadora bisbilhoteira. O que faltava? Seria presa? Mais do que medo, seu rosto estampava decepção.

— Você não tem razão para se envergonhar, viu? — comentou ele, parecendo até adivinhar seus pensamentos. — Deveria se orgulhar, isso sim. Teve muitos méritos.

Kemper já deixara claro que não lhe aconteceria nada demais, e ainda assim ela não conseguia esconder a contrariedade.

— Orgulhar?
— Sem dúvida. Vou repetir, você fez algo inédito. Não faltam curiosos por aí, gente que não se limita a ligar para

fazer denúncias e oferecer pretensas pistas, mas a comparecer em cenas de crimes e tentar estabelecer algum tipo de camaradagem com os investigadores. Até mesmo cobram que suas dicas sejam seguidas, tudo para depois alardearem que foram fundamentais na solução de algum caso.

— E foram? Digo, já aconteceu?

— Raramente, e mesmo assim são situações periféricas, ninguém chegou tão longe quanto você. Este, porém, não é o ponto principal.

Marie segurou o fôlego. Kemper prosseguiu.

— A diferença desses pseudoajudantes com os quais nossos investigadores são proibidos de manter contato e você, além de tudo o que já falei, é a sua opção pelo silêncio. Talvez por receio, é verdade, mas quando aceitou o convite para o almoço eu temi que fosse se comportar de maneira infantil, que não resistisse em contar vantagem, porém você surpreendeu. Insisto, em alguns momentos ficou óbvio o quanto estava se divertindo, é até compreensível, mas tirando esse aspecto o seu comportamento foi exemplar.

Os elogios inesperados serviram para diminuir a tensão e a sensação de vergonha, porém trouxeram à baila a pergunta mais importante.

E novamente Kemper pareceu gozar de poderes mediúnicos.

— Você deve estar se perguntando o que vim fazer aqui. Se não foi para prendê-la por interferir em uma investigação, nem para intimá-la a prestar depoimento...

— Pois então? — perguntou ela, demonstrando mais ansiedade na voz do que gostaria.

Kemper mantinha os dedos das mãos entrelaçados em cima do colo enquanto olhava para Marie. Ainda que durante todo aquele tempo ela tivesse construído uma imagem ótima, o momento não deixava de ser arriscado para ele. E no entanto foi em frente.

— Saiba que você iniciou um caminho sem volta. Acima de tudo vim para te dizer isto. — Fez uma breve pausa. Ele parecia escolher as palavras, e então continuou a discursar para uma Marie que o fitava com os olhos esbugalhados. — Desde o primeiro caso que solucionei, uma rede de prostituição de menores na Suécia, jamais esqueci o sabor da vitória e me tornei um viciado em investigar crimes importantes. Por isso acho que você não vai abandonar o mundo da investigação. Penso até que conseguirá aperfeiçoar suas estratégias... E quero te fazer um convite.

Marie bem que tentou não esboçar nenhuma reação. Apenas queria que ele dissesse logo o que tinha ido falar, que terminasse com aquele sofrimento.

— Veja, este não é um convite formal, pensando bem nem mesmo extraoficial, mas estou disposto a ajudá-la no que precisar para iniciar a sua carreira como investigadora. Sob sigilo absoluto, te darei todas as dicas possíveis, contarei casos importantes e... Bem, quando chegar a hora, se eu achar que chegou a hora, gostaria de poder contar com sua colaboração.

— Como desta vez? — perguntou ela. A voz tremia, porém ele não pareceu perceber.

— Não! Que fique muito claro, não aprovo o que você fez. Mesmo com todos os méritos, e não estou retirando aqui nenhum dos elogios que fiz, da maneira que foi não pode se repetir. Estamos entendidos?

— Entendidos — respondeu Marie de imediato.

— Pois muito bem, estou aqui para conversar, para que nos conheçamos e eu possa te contar tudo o que sei. Sabe, vejo em você um grande potencial, um faro incomum, e acho que deveria seguir seus instintos. Quem sabe se você, mesmo sem querer e um tanto afoita, não descobriu um caminho para ser trilhado?

Desta vez ela não disse uma palavra sequer. Ele também não esperou por qualquer reação dela e continuou.

— Porém faço questão de deixar claro: esta será a primeira e última conversa que teremos. Podemos ficar horas a fio, entretanto, a partir do momento que eu deixar este apartamento, não teremos mais qualquer contato. Nunca mais.

Marie ouviu cada palavra em absoluto silêncio, não moveu um único músculo e buscou manter sua respiração tranquila o tempo todo. Mesmo sentindo uma vontade louca de berrar pela janela de tanta felicidade.

Seu "aceito", como se fosse em um casamento, em nenhum momento foi dito. Não era preciso. Conversaram por horas. Ela contou tudo sobre a sua vida. Criação, desejos, homens, medos, qualidades e defeitos. Em troca, ouviu sobre toda sorte de casos, os maiores sucessos e fracassos pelos quais ele passara. Das intricadas conversas entre as várias agências europeias, sobre roubos, terrorismo, xenofobia e protocolos especiais.

Quanto William Kemper deixou seu apartamento, Joan Marie Baker era uma nova mulher. Era uma investigadora.

PARIS, GRAND HOTEL

(de volta ao encontro marcado, década de 2010)

17

MAL PASSAVA DAS NOVE horas e Marie já estava de pé. Cedo para quem apenas havia tirado um cochilo durante a madrugada. A excitação, contudo, encarregara-se de afastar o cansaço. Além, é claro, da cafeteira sempre abastecida. Mal degustara o croissant. O copo de suco de laranja permanecia intocado.

Na noite anterior, quando retornara da sua incursão pela região da Escola das Belas-Artes, pôs-se a anotar tudo o que conseguira colher durante os cerca de trinta minutos de frente para as galerias da rua das Belas-Artes. Chegou a abrir um espaço grande sobre a mesa de vidro na sala para trabalhar em cima do que vira. Não podia deixar escapar o mínimo detalhe que fosse.

No primeiro e segundo ataques, uma pedra. No terceiro, talvez um chute, de qualquer jeito uma pancada capaz de arrebentar a maçaneta da porta. Depois, por último, a sinistra tinta rosa.

Todos ocorreram por volta da mesma hora, por volta da meia-noite. Nem muito antes, nem muito depois. A rua em questão era estreita e fazia esquina com a Bonaparte, formando um ângulo de noventa graus. Poderia apostar que o agressor sentira-se protegido pelos próprios prédios. Ainda que muitos pudessem tê-lo observado das várias janelas, ninguém o fez.

Qual havia sido o objetivo das duas primeiras investidas? Quebrar a vitrine, estava claro, mas por qual motivo? Provocar prejuízo financeiro? Deixar a galeria exposta para quem quisesse poder saqueá-la? E por que nada foi roubado?

Não, era melhor descartar aquela última hipótese. Uma pedra arremessada com força causaria enorme estrago, como causou, mas não seria suficiente para encorajar uma invasão por entre os vidros quebrados.

Por fim, como havia sido a fuga? De carro, moto, bicicleta, ou mesmo a pé?

Quanto à segunda galeria, chegou a ficar encucada com a história da maçaneta. E se tivesse tentado forçar a entrada? Entretanto, parecia óbvio demais. Quem arrombaria uma porta arrebentando-a? Até pelos vários sistemas de alarme, quem desejasse invadir uma galeria tentaria fazê-lo da maneira mais silenciosa possível, não à base de pancadas.

De todo modo valia o questionamento: não teria sido algo tolo, se comparado à vidraça quebrada nem mesmo cinco metros à frente, ainda por cima no espaço de poucos dias? Ou algo dera errado e o plano precisou ser abortado?

Pensava nas mais variadas perguntas e listava todas. Mesmo quando as respostas, já conhecidas, não mudariam em nada o seu raciocínio. *A melhor maneira de certificar-se sobre a linha de investigação correta muitas vezes tem a ver com desmontar a tese equivocada*, pensou.

Tudo apontava para o mais puro vandalismo, e no entanto nenhum detalhe lhe chamou mais a atenção do que a bomba de tinta.

A questão era até certo ponto simples: se com pedradas e golpes, ambos atos de violência explícita, o objetivo claro era de aterrorizar, o que dizer sobre a enorme mancha de tinta rosa? Percebia uma diferença sutil e ao mesmo tempo soturna. Era como se, após momentos de impensada agressividade, quem estivesse por trás dos ataques passasse a adotar uma maneira de agir mais elaborada.

Qualquer pessoa poderia, acometida de loucura ou quem sabe de porre, espatifar uma vidraça, porém dificilmente cogitariam algo parecido com a tinta. Casos assim não tinham a ver com impulso, pediam frieza, astúcia para encontrar o material necessário e deslocar-se sem deixar pistas.

E também a escolha da cor, alegre e brilhante, era perturbadora. Fez com que ela imaginasse uma risada histérica, o deboche de um autêntico alucinado.

Quando chegou perto do horário marcado, precisou conter a animação. Não gostaria de estragar a imagem de mulher decidida que, nem por um segundo duvidava, conseguira passar durante o almoço no dia anterior. Seria ruim para a sua reputação, e até mesmo para a negociação em si, caso Collet percebesse uma euforia desmedida.

Vestiu calça jeans escura, mocassim e blusa de seda marrom, blazer cor de mostarda e tratou de prender o cabelo em um coque improvisado. Óculos escuros, bolsa a tiracolo, e saiu de casa. Sentia-se pronta para fechar o acordo.

Acomodada numa das tantas poltronas espalhadas pelo salão, Joan Marie apenas aguardava por Louis Collet. Sentia-se pronta para iniciar a investigação e desvendar quem estava por trás dos ataques às galerias parisienses, até ali pesadelo absoluto de seus proprietários e autoridades.

Não se iludia, porém. Apesar de confiar no seu talento, previa tensão e até situações perigosas. Ainda por cima se os museus também passassem a ser alvos. A diferença era que, ao contrário de seus clientes, e possivelmente da maioria dos investigadores, aquelas eram situações desejadas por Marie. Pior, isto sim, seria a ausência de movimentos, um comportamento criminoso que fugisse do seu radar.

As perspectivas a deixavam empolgada, entretanto era impossível olhar em torno e não se lembrar de sua primeira visita àquele mesmíssimo prédio.

À época tinha treze anos de idade, e a viagem havia sido programada para ser em família, porém sua mãe, vítima de uma forte gripe, precisou ficar em casa. Lembrava-se com detalhes da comoção, os olhos calmos dela, mortificada por não poder acompanhá-los e ao mesmo tempo contente em vê-los juntos, gozando a perspectiva de um passeio tão especial.

Ela sentiu-se mal em deixar a mãe sozinha, mas também ficou eufórica com a oportunidade de conhecer Paris, cidade da avó paterna, de quem herdara seu nome.

Hospedaram-se por um final de semana inteiro em um hotel pequeno, próximo dali. Então, no último dia, antes de retornarem, seu pai a convidou para tomar, nas palavras dele, *um café da manhã especial*.

Jamais estivera em um espaço de tal forma suntuoso e imponente. As paredes, os abajures, os tapetes e as pessoas bem-vestidas a impressionaram. E ao chegar ali, no jardim de inverno, permanecera um longo momento olhando para cima, maravilhada.

Desde então, não interessando qual fosse o motivo para visitar a cidade, aquele era o seu lugar preferido. Inclusive para reuniões de trabalho, fossem conversas mais demoradas ou acertos rápidos.

Para espanto, não dela, e sim de quem ouvia sua sugestão para esses encontros, a grande quantidade de pessoas, entre hóspedes e turistas, criava um ambiente ideal para todo tipo de conversa sigilosa.

De tanto divagar, mal percebeu a aproximação de Collet. O momento tão aguardado estava finalmente acontecendo.

18

Já se aproximava do meio-dia quando Marie alcançou a Notre Dame, e só ali percebeu que mal conseguia manter o fôlego. Também pudera, desde o momento em que deixara o pequeno apartamento custeado por Collet, no 15º *arrondissement*, caminhara sem fazer pausas.

Embora estivesse atenta à própria silhueta, seu intuito não era praticar exercícios, e sim o de explorar Paris. Não tinha como prever por onde acabaria perambulando durante a investigação, em quais esquinas teria de virar ou em que prédios precisaria entrar. Era, portanto, fundamental reconhecer cada área a ponto de antecipar o cotidiano de seus habitantes. De resto, ambientar-se com o mapa de uma cidade tão especial sempre valia a pena.

Tinha caminhado sem parar. Subiu a Lecourbe de uma vez só até o ponto em que esta cruzava o Boulevard Pasteur. Logo viu-se no Boulevard de Sèvres e, a partir de então, já estava na parte da cidade que mais conhecia. Raspail, Bac, Saint-Placide, Saints-Pères, assim como Grenelle, Varenne, Babylone e Dupin, todas, sem exceção, eram nomes de ruas e avenidas familiares por conta de visitas anteriores. Era bem verdade que passar por elas não acrescentaria muito ao seu propósito, mas, de tão centrais, o percurso foi inevitável.

Então achou melhor fazer uma pausa.

Comprou uma garrafa de água sem gás, sentou-se em um banco que circundava o jardim em frente à Catedral e aguardou que sua respiração voltasse ao ritmo menos dramático de sempre. A atmosfera ao longo do Sena era especialmente contagiante devido à grande concentração de pontos turísticos que atraíam gente de toda parte.

Permaneceu alguns minutos ali e só quando se sentiu pronta para retomar a caminhada percebeu que o problema não era falta de ar.

Tratava-se, isto sim, de aflição. Como se houvesse esquecido de algo.

Mas o quê?

Após contornar o Teatro de Ville, ela entrou pela rua Saint-Denis e logo estava descendo as escadas que davam acesso ao metrô Châtelet. Já no vagão, buscou um lugar isolado, no fundo, para continuar matutando com calma. O que estava acontecendo?

Já experimentara incômodo parecido em ocasiões anteriores, de perder a linha de raciocínio durante uma fala ou o desespero para retomar o que estava dizendo, porém não era a mesma coisa. Mesmo tendo dificuldade para identificar a razão, pressentia que se tratava de algo mais grave. Talvez até dramático.

E o motivo de tanto incômodo tinha de ser recente. Só poderia ter surgido durante aquele espaço de tempo.

— Próxima parada, estação Arts et Métiers! — anunciou o alto-falante.

Por mais que estivesse incomodada, e sem entender o porquê, foi impossível não distrair-se por um instante: em sua opinião aquela era a estação mais bonita de todo o metrô de Paris.

Distraiu-se com os detalhes da decoração, o brilho, a curvatura das paredes e todo o espaço que remetia ao universo de Júlio Verne até o exato momento em que o trem entrou no túnel.

Então compreendeu.

Localizado na pequena Jouye-Rouve, uma travessa da rua de Belleville, o Le Baratin não apenas era reconhecido pelos clássicos da cozinha caseira francesa que servia como também pela qualidade dos ingredientes utilizados. Marie frequentava a casa há anos e nunca imaginou que precisaria exigir atenção especial dos garçons por motivos pessoais.

Se tivesse de apostar, diria que todos ali perceberam seu semblante pesado. Tinham razão, estava de fato aborrecida consigo mesma. Como não havia notado sinais tão claros e espalhados por tantos pontos? Como havia podido deixar escapar demonstrações tão óbvias?

Respirando fundo, tratou de minimamente absolver a si mesma. Afinal, seu alarme interno não deixara de soar por completo, apenas levara algum tempo. Ainda que insatisfeita, seria injusto se colocar no papel da mais absoluta incompetente.

— A senhora deseja mais um copo d'água?

— Não, obrigada, acho que já estou melhor. Poderia anotar o meu pedido?

Radicchio, alface e alcachofra com pedaços de queijo de cabra por cima. A salada chegou divina, entretanto, devorou-a sem qualquer ânimo.

Onde mesmo havia percebido o primeiro indício? Já não se lembrava ao certo. Em algum lugar entre a Sèvres-Babylone e a rua du Bac, com certeza. A partir dali, em vários outros lugares a imagem se repetia: todos os cartazes de propaganda do Louvre, grande parte deles com a imagem da Mona Lisa, haviam sido rasgados.

Era fácil deduzir que a ação partira de um único indivíduo, porque em todos o rasgo seguia o mesmo padrão:

em diagonal, do canto superior esquerdo para o inferior direito. Não podia ser coincidência.

Sair de casa e andar pela cidade, fosse ela Paris, Londres ou qualquer outra, fazia parte de uma estratégia para reconhecer o terreno e encontrar o foco necessário. Normalmente funcionava, porém, estava cada vez mais óbvio, aquela não era uma situação comum. Mal começava o mapeamento e já se sentia pressionada pelo último diálogo com Collet.

Evitaria ao máximo seguir a pista regalada por ele — no fim das contas apenas um endereço, nem mesmo um primeiro nome. No fundo desejava que fosse uma sugestão furada. Não era nada agradável constatar que recebera ajuda de quem pagava por seus serviços. Àquela altura, de todo modo, a pergunta se fazia obrigatória: seria a dica válida? Até poderia ser o caso, mas só havia uma maneira de descobrir. E com a constatação dos cartazes rasgados, descartar hipóteses tornou-se impossível.

Poucas vezes sentiu-se mais incomodada. Não gostava de interferências em seu trabalho. Era sempre mais difícil separar o faro aguçado de sugestões indevidas. A determinação de que os contatos deveriam acontecer apenas em casos emergenciais e via Collet não existia por acaso.

Chegou inclusive a se recriminar. Talvez não tivesse sido firme o suficiente ao dizer que não aceitaria interferências. Também era verdade, porém, que Collet não deixara escapatória. Quando percebeu sua intransigência, logo se antecipou em dizer que, sim, existia um possível ponto de partida. Um fato importante, merecedor de consideração.

Ali Marie soube que precisaria adotar um mínimo de bom senso. Não faria sentido exigir que, tendo uma suspeita robusta, quem a contratou deixasse de informá-la a respeito.

Respirou fundo, tomou o último gole de vinho e buscou pôr a cabeça em ordem. O restaurante já começava a esvaziar, logo chegaria o seu prato e, conhecendo o ritmo do lugar, tinha certeza de que após a refeição teria de ir embora. De todo modo, não permitiriam que permanecesse muito além da sobremesa. Um café, para aproveitar a tranquilidade do lugar e traçar planos futuros, estava fora de cogitação.

Revendo a cena toda com mais calma, se estivesse no lugar de Collet talvez ela mesma não tivesse agido melhor. Afinal, se era razoável supor que museus e galerias recebessem ameaças diárias, mais compreensível ainda era a hipótese de que houvessem procurado outros investigadores antes dela.

Quando chegou seu prato, um pernil de cordeiro cujo aroma perfumou todo o ambiente, notou o garçom encarando-a com um olhar típico de quem ainda nutre resquícios de preocupação. Sorriu para sinalizar que estava tudo bem e em seguida tirou o espelho da bolsa para averiguar se estava tão abatida assim.

Preciso decidir a cor ao sair daqui, pensou enquanto passava os dedos pelos cabelos.

19

Após um período de tão intensas emoções, Tom somente buscava relaxar. As últimas semanas tinham sido incríveis, e ele havia se colocado em situações arriscadas, porém julgava ainda mais importante a coragem que tivera para botar em prática seus sonhos. A determinação em livrar-se de fantasmas que o atordoavam, por mais perigosas que fossem as execuções de suas ideias.

O pequeno pub na esquina da rua du Bac não estava lotado, mas era como se estivesse, dado o ambiente criado pelas televisões ligadas no futebol, o rock alto tocando, as conversas e risadas para todo lado. Não se lembrava da última vez que fizera um programa parecido, apenas tomara uma ducha rápida, enfiara-se em um jeans, calçara um tênis surrado, alcançara na gaveta a primeira camisa de algodão que encontrara e então batera a porta de casa.

Outra sensação que revisitava ali era a de se sentir novamente um turista. Deixara seu apartamento pouco antes das nove, e a cidade estava toda iluminada, incluindo seus monumentos, palácios e edifícios. Caminhou até a margem esquerda do Sena reparando em tudo, como se não vivesse ali, na tentativa de se apaixonar novamente pelo lugar que outrora venerava, mas passara a encarar com tanto amargor. Tudo era tão belo que mesmo esquinas ordinárias exalavam certa superioridade estética.

Além da beleza, outro aspecto o deixara especialmente enamorado pela cidade em seus primeiros dias: seus habitantes naturais.

Os parisienses — não exatamente os franceses — exalavam um mau humor que com frequência era mal-interpretado, às vezes até confundido com falta de educação. Pois, na opinião dele, era tão somente a mais perfeita demonstração de como comportar-se em sociedade. Existia a cortesia, claro que sim, mas também, e sempre, uma distância entre as pessoas. Ah, e como era bom não correr o risco de ser confundido por um estranho como se fosse seu melhor amigo de toda a vida. Como era relaxante a certeza de poder tomar um café, vinho ou o que fosse, sem se preocupar com a probabilidade de ser importunado por pessoas desprovidas de bom senso.

De todo modo, sendo honesto consigo mesmo, pelo menos por um aspecto cabia lamentar o momento. Não se arrependia de nada, sentia muito orgulho de suas últimas ações e vivenciava uma alegria profunda só de pensar nas próximas, mas já não era o mesmo de meses antes. De tão obcecado, tornara-se alguém incapaz de aproveitar a cidade do mesmo jeito.

Sabia bem, fazer tantas e tão profundas constatações era pura perda de tempo. O caminho que percorria era sem volta.

— Senhor? Por favor, mais uma...

Bebeu tão rápido as duas primeiras Guinness e entregou-se com tamanha liberdade aos próprios pensamentos que mal percebeu o quanto o bar ficara lotado desde a sua chegada. Àquela altura, as poucas mesas desocupadas no início mal poderiam ser vistas de tantas pessoas em volta, e a área em torno do balcão já não permitia muitas concessões.

Um cenário totalmente ignorado pela senhorita que surgiu de repente e desandou a soltar cotoveladas do seu lado.

— Oi... Obrigado, isso, obrigado... Me desculpe, sim?
— Hã? Não, não, está tudo certo, não há de quê.

A sujeita apareceu de repente e de imediato conseguiu proporcionar o momento imaginado e até ali evitado com sucesso, mas ele estava de bom humor. Aliviado graças à caminhada e aos goles de cerveja, silenciosamente jurou que nem mesmo os esbarrões ou braços se esgueirando para alcançar drinques seriam capazes de alterar seu ânimo.

— É tão raro vir a lugares assim que, confesso, me sinto um pouco perdida.

Por um momento Tom titubeou e até mesmo chegou a se perguntar se ela continuava se dirigindo a ele. Virou-se em sua direção apenas quando a resposta ficou óbvia, mas assim fez questão de demonstrar falta de disposição para jogar conversa fora. Não queria que nada nem ninguém o tirassem do prumo. Quando muito tomaria mais alguns copos antes de voltar para casa trôpego e solitário.

Um plano que se esvaiu no instante em que encarou a dita-cuja.

— É engraçado, não é? Digo, perceber que, contra todas as probabilidades, as pessoas aqui parecem se sentir muito confortáveis, sabendo como se comportar e para onde olhar. É bem capaz de terminar a noite e eu ter sido a única a pedir desculpas por esbarrões que ninguém dá a mínima importância.

— Ah, bem, saiba que eu dou muita importância, sim. Quero dizer...

— Hã? Então devo desculpas, não foi a minha intenção.

— Não, não! Eu quis dizer que dou importância ao fato de você achar necessário pedir desculpas, foi isso, o esbarrão não tem importância, mas o gesto sim.

Então ela sorriu.

— Eu entendi, tudo bem, deixemos de lado as desculpas que é melhor — disse a moça.

Bonita e além de tudo simpática? Estou perdido, matutou ele.

Se nem mesmo em sonho uma mulher como aquela lhe daria chance, como reagir quando ainda por cima puxava assunto? Aliás, não se tratava apenas de uma mulher bonita, ela era linda. Atraente a cada sorriso e nos traquejos. Até na maneira de falar. Em um primeiro momento, Tom pensou em conter o ímpeto de falar mais do que devia, depois, de falar menos do que precisava, e, por fim, de ir embora. Sairia tranquilamente, sem dizer nada, tamanha a sua aflição.

E no entanto a conversa prosseguiu como iniciara, descompromissada, leve e repleta de indícios que só faziam aguçar suposições improváveis. As risadas sinceras revezavam-se quase na mesma intensidade que os olhares, e por muito pouco ele não aceitou de vez o fato de que estava sendo paquerado.

Não se considerava um sujeito mal-apessoado. Bem ao contrário, tinha a exata noção de ser um homem bonito, porém não tinha possibilidade de se admitir hábil ao lidar com outras pessoas. Sempre falava pouco ou demais, nunca deixando de se mostrar inseguro quando confrontado com situações inesperadas. Momentos como aquele eram raríssimos, o que já servia de exemplo para referendar sua tese.

— Não sou muito de falar alto, de socializar... Sou um sujeito mais na minha, gosto de ficar no meu canto — ouviu-se dizer, lá pelas tantas.

— Mas então, se é que me permite, por que veio aqui? Gosta de sofrer? É por acaso algum tipo de masoquismo? — arrematou a fulana.

— Não é isso, mas... É que às vezes me faz bem relaxar um pouco, respirar o ar da rua, ver gente... De todo modo é um programa raro, admito.

— Entendi, entendi, prometo que não faço mais perguntas indiscretas.

— Que isso, não há problema algum, de verdade...

Como não há problema algum? Você perdeu o juízo?, repreendeu-se em seguida.

— Aham... Olha, façamos o seguinte, é sua vez de ser indiscreto. O que acha?

Tom mudo estava e mudo continuou. Não sabia o que dizer. E quando tentou falar foi impedido.

— Pela sua cara, talvez isso seja ainda pior do que ser interrogado... E se começássemos tudo de novo? Que tal se, antes de mais nada, nos apresentássemos?" Eu sou a...

— O que está bebendo? — perguntou ele de pronto.

— Hã? Um Old Fashioned... Por quê? Você está achando que... Olha, eu não estou bêbada, viu? Nem mesmo perto disso! — garantiu ela, quase entre gargalhadas.

— Não acho que esteja, de forma alguma, fiquei apenas curioso... Eu sou o Tom. Você?

— "Tom"? Assim? Nome forte, gostei. Prazer, Tom, eu sou a Amanda, parece que temos alguma coisa em comum, não é mesmo?

— Temos?

— Falo do sotaque, também é inglês?

— Ah, sim, sou, de fato não havia percebido até agora...

— Não havia percebido que era inglês? Mas isso é muito grave!

— Não! Eu quis dizer...

— Eu entendi, entendi, estava apenas brincando com você!

A noite continuou e o papo correu tão frouxo que ele começou a se sentir confortável com a situação. De uma pele muito branca, olhos castanhos e cabelos negros, a imagem de Amanda era quase um alívio. Não se tratava de uma mulher grande, pelo contrário, deveria passar pouco de um metro e setenta, e era de um carisma inegável, com seu raciocínio rápido e humor ácido.

A partir de um determinado momento, ela já no terceiro Old, ele sem fazer a menor ideia de quantas Guinness havia entornado, estabeleceu-se um clima de indecisão. Nenhum deles sabendo como se comportar, muito menos o que dizer e, verdade seja dita, o que propor.

— Perguntar "você vem sempre aqui" seria muito patético, não é?

— Muito — disse ela, pela primeira vez encabulada.

— Bem, então, será que eu poderia ter o seu...

— Anote aí.

Já iniciava a madrugada quando se despediram e ele decidiu voltar a pé para casa. A caminhada seria longa, entretanto apostava que a cerveja e o encontro inesperado auxiliariam a tornar o percurso menos sofrido.

Não era capaz de lembrar a última vez que sentira tanto entusiasmo por conta de uma mulher. Pensando bem, talvez nunca tenha lhe ocorrido uma sensação parecida.

Há tempos desenvolvera um sentimento de autopiedade, uma peculiar habilidade para absolver a própria falta de jeito em lidar com mulheres. Assim, quando sucedia a menor possibilidade de um flerte, por trivial que fosse, sua imaginação disparava. Não por acaso, já conseguia imaginar-se com Amanda em cenas tórridas, eles em um relacionamento firme, combinando um futuro juntos e todo o resto.

De fato, como previu que aconteceria, ignorar o peso do demorado percurso beirou o trivial, graças a imagem de Amanda e ao diálogo entre eles ainda fresco em sua memória. Flanava por ruas, praças e esquinas com uma paz de espírito inédita, tão desconhecida quanto divertida de ser apreciada, embora incapaz de fazê-lo ignorar museus, galerias e qualquer motivo que o remetesse à sanha que condicionara seu cotidiano nos últimos meses.

Tudo certo, mas o que fazer? Como poderia agir ali, sem nada planejado e de todo modo alterado pelas cervejas? Quebrar outra vidraça estava fora de cogitação, há semanas que todas as mais importantes galerias já haveriam de estar vigiadas por policiais ou seguranças particulares. Sem falar no sério risco que corria de, ao fazer algo impensado, acabar fortalecendo uma imagem de vândalo, o que só atrapalharia a missão de conscientizar as pessoas sobre como arte e história deveriam ser encaradas.

O discurso era ótimo, até ficou orgulhoso pela sua capacidade em analisar a situação e tentar arrefecer vontades, porém de nada adiantou.

Felizmente, quando deu por si, já estava a poucos metros da portaria.

(uma semana depois)

20

MAQUINAR AS PALAVRAS QUE diria para Amanda enquanto aguardava debaixo de chuva poderia até ser patético, e claro que era, mas já não tinha a menor importância graças ao frisson que experimentava.

Uma sensação poderosa que poderia mudar suas perspectivas imediatas. Afinal, quem precisava sair por aí em uma cruzada improvável?, chegou a se perguntar. Exatamente quando e por que entidade superior havia sido incumbido da tarefa de reeducar as pessoas sobre a melhor forma de se relacionar com a arte? Além de tudo, quem era ele para se colocar acima de qualquer suspeita em termos de conhecimento histórico?

Perguntas formulavam-se em sua mente, uma mais assustadora do que a outra. Questionamentos libertadores e de certa forma também cruéis. Identificar a própria arrogância nem era o ponto principal, seria capaz de rir de si mesmo em várias situações ao longo do dia, o grande problema era começar a questionar as próprias premissas. Estaria equivocado por tanto tempo?

A teia de raciocínios permitiu compreender de pronto o conflito interno que se avizinhava: estava encantado por Amanda de forma irremediável e intensa. Na exata proporção do sentimento que o fazia culpar a todos pela avacalhação de acervos mundo afora.

Não chegaram a conversar muito ao telefone e, sendo honesto, admitia que por um instante notou apreensão em sua voz. Uma apreensão suplantada pelo "é claro que eu topo, adoro ostras!", mas ainda assim perceptível. Ou o temor era na verdade seu?

Além da timidez, a insegurança que ele exalava era acima de tudo uma característica tão forte quanto inevitável. Sendo um sujeito pouco sociável, acostumado a sê-lo e feliz assim, nem por um instante cogitou a hipótese de encontrar alguém com o perfil de Amanda. Tampouco de forma tão aleatória e durante aquele período.

A situação provocara um desconforto tão forte que instintivamente acabara omitindo seu sobrenome na hora de se apresentar. Não haveria problema algum se tudo não passasse de uma conversa de bar, sem falar que havia sido pego de surpresa, porém a perspectiva já era outra, e logo precisaria tomar uma decisão.

Seria inteligente e anunciaria o seu nome por completo, de modo a não precisar se envergonhar no futuro e assim correr o risco de decepcioná-la irremediavelmente.

Valia ressaltar, por outro lado, que ela também, com toda certeza em retribuição à sua lacônica apresentação, fizera questão de apresentar-se da mesma forma. De resto, a sensação de clandestinidade, reforçada por sua timidez, esteve presente desde a primeira ação.

Mais do que uma necessidade, Tom sentia-se bem com a perspectiva do anonimato. Dar aula, por exemplo, aquele negócio de ficar de frente para uma turma inteira, de ser o centro das atenções, mesmo para falar a respeito de um tema que lhe era caro, beirava o suplício. Tanto assim que a decisão de pedir demissão da Escola já tinha sido tomada há tempos. Só não aconteceu antes por falta de coragem e por consideração com a instituição. *Bem lembrado, preciso passar lá para pedir as contas e acertar tudo*, pensou.

O motivo principal, entretanto, não poderia ser outro: era inconcebível levar uma vida dupla. Inconcebível e, especialmente para ele, muito arriscado.

Voltando o raciocínio, e Amanda? Poderia revelar sua identidade para ela sem maiores preocupações? E se acabasse falando demais? Haveria algum risco se, por exemplo, ela comentasse com uma amiga que estavam saindo? Ou então, em meio a um desabafo, que Tom Gale, o sujeito que estava vendo há meses, de vez em quando sumia, não dormia em casa nem atendia o telefone? Pior ainda, e se ele mesmo resolvesse se abrir e contar tudo? Quem poderia garantir que, em um momento de maior emoção, ele não faria confidências sobre o que realmente pensava das pessoas, dos museus e galerias? E se dividisse com ela sua solução para corrigir tanto desrespeito com artistas e com a própria história?

Pensou, repensou, duelou consigo mesmo e então soltou uma generosa risada. Trocara meia dúzia de palavras com uma estranha, vá lá, duas horas de um papo ótimo, porém nada além de um papo, e já se dava ao direito de conjecturar sobre um futuro em sua companhia?

Exageros à parte, precisaria tomar uma decisão logo. Não poderia ser apenas "Tom" para sempre. Não se quisesse sair com Amanda outras vezes.

Ela então despontou a poucos metros, na esquina da Saint-Hyacinthe, e sua tentativa de minimizar o fortuito encontro entre eles esvaiu-se na mesma hora. *Minha nossa, como é bonita!*

— Oi! Desculpe o atraso, acabei me enrolando com esse clima maluco, não sabia direito o que vestir. Bem, de toda forma estou aqui. Tudo bem?

— Atraso? Que atraso? Eu não reparei, juro... E você está ótima.

— É? Ah... que bom, não é mesmo? — respondeu ela de supetão, visivelmente encabulada. — Diga-me, para onde vamos?

— Ah? Bem, minha proposta inicial tinha sido um bar de ostras aqui perto, mas se você não estiver a fim a gente pode...

— Não! Quero dizer, claro, me desculpe, lembrei agora que você chegou a comentar sobre esse lugar, sou louca por ostras!

— Então está perfeito.

— Você ficou surpreso, não é? — perguntou ela enquanto caminhavam, lado a lado.

— Com o quê? — retrucou ele, tentando disfarçar o nervosismo.

— Pelo fato de eu ser uma apreciadora de ostras, minhas amigas não gostam muito.

— Ah, sim, uma grata surpresa, sem dúvida. Não tem muitas mulheres por aí que as apreciem.

— Por aí?

— É, eu quis dizer, o senso comum das mulheres é diferente... Ou pelo menos me parece.

— Deixa pra lá, não quero que você fique constrangido, pelo menos vamos tomar um vinho antes — disparou ela, aos risos, divertidíssima com a expressão dele.

Ao chegarem ao apertado L'Écume, próximo do mercado da Saint-Honoré, escolheram uma mesinha do lado de fora, acompanhada por duas cadeiras altas, pediram uma garrafa de vinho branco e só. A princípio ignoraram o cardápio.

Por vezes, enquanto a conversa acontecia, lembravam-se de pedir algumas conchas, ostras ou vieiras, camarões e outras iguarias, mas o papo fluía de tal modo que pouca importância era dada a elas ou ao que acontecia em volta.

— Gosta muito de dar aula? Suponho que sim, pergunto porque, não sei, talvez eu tivesse vergonha de me expor tanto — disse Amanda.

— Você não é a única, acredite, não existiu um único dia antes das minhas aulas em que eu não sofresse por antecipação. Não se trata apenas de vergonha, mas também de receio, insegurança de não ir bem, de ser criticado... Essas coisas.

— Jura? Então... Mas você gosta de artes, certo? — perguntou ela. Tom não podia acreditar.

— Se gosto? Sou apaixonado por artes! A decisão de morar aqui foi tomada pensando acima de tudo no papel importante que o assunto tem para a cidade e os parisienses.

— Uau! Agora eu entendo o porquê de querer ensinar às pessoas, mesmo com o embaraço. O prazer em falar a respeito do que gosta supera tudo, não?

— Sim, sem dúvida, entretanto, devo admitir, estou um pouco cansado. Talvez tenha chegado a hora de mudar as coisas — argumentou ele justo quando o garçom levou uma dúzia de ostras à mesa. Ambos comemoraram. Com a primeira garrafa já no fim, não seria recomendado comerem tão pouco. De quebra, a breve pausa também serviu para proporcionar aquele que talvez fosse o momento mais aguardado e temido da noite.

— Posso fazer uma pergunta? — indagou ela, enquanto com um pequena faca soltava a carne da concha.

— Claro que sim, por favor.

— Qual é o seu nome? Quero dizer, eu sei que você é o Tom, não se preocupe, para sempre te chamarei assim, porém, desde o primeiro momento, quando a gente se apresentou, eu achei estranho o jeito que você falou...

— É? — comentou ele, também entretido com uma ostra, secretamente ganhando tempo para se decidir.

— É. A princípio achei você um tanto desinteressado em querer conversar comigo — começou a explicar ela —, e até por isso esperei que propusesse uma apresentação mais formal. Imaginei que estivesse brincando e... Bem, e aí você diria seu nome verdadeiro — concluiu ela, sorrindo e sem deixar de olhar fixamente em seus olhos.

Ele percebeu e é claro que ficou constrangido, mas conseguiu disfarçar e manter o clima de gracejos.

— Ora, ora, mas quanta imaginação nessa cabecinha, hein? Você pode ficar sossegada, viu? Meu nome é mesmo Tom, não inventei nada, jamais mentiria para você — disse ele, ainda pensando em uma saída, para logo em seguida continuar.

— Vou dizer uma coisa que talvez não devesse, mas sempre terei o vinho para culpar...

— Diz! — pediu ela, em uma súplica tão forçada quanto cômica.

Ele já não tinha saída, recuar não seria possível, e por isso tratou de degustar o momento, desfrutando da genuína curiosidade dispensada a ele por uma mulher tão deslumbrante. Então, experimentando um inevitável frio na barriga, levou a taça à boca, tomou outro gole e continuou.

— Eu não mentiria para você nunca, pode ter certeza. Senti uma coisa boa desde o primeiro momento e...

— ... E? — insistiu ela, entre curiosa e envergonhada.

— ... E fiquei encantado... Você é desconcertantemente graciosa, deve saber disso muito bem, mas além de tudo tem esse humor...

— O que tem ele?

— Eu gostei. Você é engraçada e, de certa forma, ao mesmo tempo insolente. Porém de uma maneira boa.

— Insolente? Mas o que é isso?! — ela abriu o maior sorriso possível e nem se deu conta. Estava feliz, encantada seria mais exato, com as palavras que escutava. Poderia ouvi-las muitas outras vezes. Na verdade acalentava cada vez mais aquela possibilidade.

— Insolente, sim, mas, como disse, de uma maneira boa, abusada. No melhor sentido do termo, repito.

— Está bem, mas, olha, não fuja, viu, Tom? — interrompeu ela, ao mesmo tempo jogando todo charme possível para cima dele.

— Jamais, Amanda... Prazer, me chamo Tom Walker.

— Ah, que nome bonito! Não deveria escondê-lo de ninguém! Prazer, Tom Walker, eu sou a Amanda Black.

O momento seguinte foi testemunhado por quem quisesse.

Sem rodeio algum, Tom segurou os cabelos curtos de Amanda com a firmeza suficiente para não deixá-la escapar e então tascou-lhe um demorado beijo. Para conseguir, teve de inclinar-se para a frente, por pouco não derrubando a mesa, e Amanda chegou a rir quando a dita-cuja balançou ameaçadoramente. Entretanto, o que importava mesmo era se entregar à vontade. Logo pediram a conta ao garçom e foram para o apartamento dele.

Para ela, a noite de amor foi um completo deslumbre. Se alguma vez sentiu-se tão desejada não havia o menor traço na sua memória. Durante o sexo houve de tudo, com a voracidade e o desejo que ambos alimentavam.

Para ele, uma experiência que beirou o renascimento. Ao contrário dela, poderia apostar, seu histórico de experiências sexuais não era dos mais vastos. Daí por que teria sido muito improvável alguma noite anterior parecida.

Ainda assim, os espasmos de prazer perdiam em importância, e com folga, para o pavor que experimentava ali, sentado ao lado dela, olhos para o teto, como se estivesse admirando a própria desgraça.

— O que foi?

— Hã? Nada, estou aqui pensando à toa, bobagem.

— Me diz, algum problema?

— Nenhum… Nenhum mesmo… — disse ele, virando-se para beijá-la mais uma vez. E outra. O dia já amanhecia e ele só queria que o tempo não passasse mais.

— Escuta, eu preciso ir, algumas coisas pedem a minha atenção… Nos falamos mais tarde?

— … Mais tarde?

— É, mais tarde, eu ligo, está bem? Ei!? Você está bem?

— Estou ótimo, achei tudo tão incrível e estou tão feliz que… Não repare, tome esse meu semblante atônito como um grande elogio, viu? Você é surpreendente — garantiu ele, cada vez se importando menos em demonstrar seu encanto.

— Você que é! Me dá mais um beijo, anda, preciso ir para casa. Cuide-se, viu?

— O que é isso, eu levo você lá embaixo, ora essa.

— É claro que não, mas que bobagem! Até a porta vá lá, mas só!

Já no hall, foi o elevador começar a descer e ele não conseguiu conter o choro. Um choro forte, convulsionado, de quem lamentava ter encontrado, justo naquele momento, a mulher da sua vida.

Deixou-se cair na cama, puxou o lençol e o travesseiro que ainda retinha o cheiro dos cabelos de Amanda e aspirou com força. Sentia saudades de uma mulher a quem ainda aprendia a conhecer e com quem acabara de ter uma primeira noite de amor. Seria possível que já estivesse apaixonado?

Ainda choroso, fechou os olhos e tentou relembrar as últimas horas. Sentia-se feliz como nunca antes, até que o sono chegou.

* * *

— *Não aceito que você fale assim comigo!*

Como primeira resposta, logo de cara, uma gargalhada. A mais sádica e diabólica possível, boca escancarada e os fios do bigode curvando-se para dentro. E então a dolorosa verdade.

— E você tem alguma escolha, lazarento? Acha mesmo que pode cobrar melhores maneiras? Não seria mais inteligente se estivesse de joelhos, implorando por sua vida?

— Nunca!

Outras risadas puderam ser ouvidas. E não apenas de Edward Teach, o Barba Negra, mas também de Morgan e o resto dos marujos. Havia quase uma centena deles, formando um semicírculo à beira-mar, encurralando Cálico Jack e o restante da sua turma.

— Você sabe que não foi certo! Nos cercaram e atacaram sem dar chance alguma! Não éramos ameaça a vocês e...

— Cale essa sua boca imunda, verme! — bradou Teach antes de dar bons goles em uma garrafa de rum.

Cálico fitava o grande pirata e ao mesmo tempo o cenário; tentava raciocinar, porém não encontrava uma saída. A vantagem, bem como a desvantagem, pensou, era justamente não ter muitas escolhas.

Estavam todos dormindo quando começou. Primeiro ouviu gritos abafados, grunhidos inconfundíveis de dor, até que uma balbúrdia horripilante tomou conta do ambiente. Sabia muito bem do que se tratava, e, mesmo que por um segundo alimentasse dúvidas, elas evaporaram quando o Barba Negra arrombou a porta da sua cabine com um pontapé.

Por sorte não estava armado na hora ou seria alvejado sem a menor piedade. Na verdade estava seminu e ao lado da bela Mary Read, que também não esboçou qualquer gesto hostil. Só depois, passando pelo convés, foi capaz de calcular o prejuízo e as perdas na tripulação.

Sua carreira de pirata estava terminada, o que talvez não o devesse preocupar tanto, considerando a perspectiva de perder a própria vida.

— Olhe para você... "Não foi certo", "sem dar chance alguma", "não éramos ameaça a vocês"... Onde está sua vergonha, pirata? Apesar de tudo, do ódio, da inimizade, ou ainda pior, da indiferença que eu possa ter por outro capitão, se este for pirata exigirei um mínimo de conduta! A conduta de um pirata de verdade, está me entendendo?

Edward berrava tanto que chegava a cuspir. Estava realmente enfurecido.

— Eu falei a verdade, e você sabe disso!

O murro foi tão violento quanto inesperado, e todos em volta ficaram atônitos. Nem Morgan nem a meia dúzia de reféns esboçariam qualquer reação. Não até que o Barba voltasse a falar. Ele ordenou.

— O que estão esperando? Levantem logo este lamentável moribundo!

Não demorou muito até que todos estivessem à beira-mar, e assim que Jack foi alçado, Edward reaproximou-se. Olhou bem de perto e percebeu o corte no lábio inferior jorrando sangue escuro, misturado com água do mar e areia molhada.

— Sabe o quê? Quando remávamos para cá, quando trazíamos vocês para a praia... Sabe o motivo, não sabe? — perguntou, sem obter qualquer resposta do pirata aprisionado, apenas um olhar de frustração e ódio contido.

— Não sabe? Sabe, tenho certeza, mas faço questão de dizer mesmo assim... Chegou a hora de morrer, Jack. A sua e a de seus marujos. Depois iremos enterrá-los aqui, para que todos vejam sua cova, saibam o que aconteceu, e o que jamais poderá se repetir.

Edward instigava, provocava e, no entanto, nem uma palavra era dita por mais ninguém. Ele bem que adoraria ouvir outros lamentos, quem sabe até súplicas de Jack

— Entenda de uma vez por todas, somos piratas! Não me venha falar em regras, reclamar de injustiças ou, ainda por cima, alegar que não era uma ameaça; todos são uma ameaça!

Todos! Mesmo o pirata mais indefeso e enfraquecido pode se tornar alguém temido e portanto uma ameaça amanhã! Jamais perca a oportunidade de aniquilar alguém que no futuro tenha chance de cruzar o seu caminho — bradou, provocando uma pausa forçada para em seguida sentenciar —, *é este o lema!*
Mais silêncio.
Eram cinco os marujos aprisionados pelo resto do bando, além do capitão rival. Edward olhou para cada um deles até parar seus olhos no que Pier Morgan segurava. Então lembrou.

— Ah! Enquanto nos dirigíamos para esta areia, a mesma que logo receberá seus corpos sem vida, um banquete para caranguejos e bichos da noite, algo me intrigou bastante... — parou de modo a provocar outro suspense, encostou a ponta da espada no queixo do marujo, forçando-o assim a alçar o viso, e então prosseguiu: — Afinal, ele é homem ou mulher?

Todos riram, exceto Edward. Até mesmo Cálico esboçou uma careta de quem lutava para não gargalhar. O marujo em questão, porém, não se intimidou.

— Você sabe muito bem a resposta, pirata, então por qual motivo faz tanto estardalhaço?

Os gracejos pararam na hora, dando lugar a muxoxos contrariados. Novamente Cálico precisou se concentrar para não rir. Morreria ali, porém a cena tinha feito tudo valer a pena.

— O que você falou? — perguntou Teach, ainda com a ponta da espada espetando por baixo o queixo do prisioneiro.

— Você me ouviu muito bem, pirata. Para que tão falsa surpresa? Você esteve lá embaixo, sabe muito bem o que viu...

Barba Negra nem sequer deixou a frase terminar. Não fazia sentido permitir por mais um segundo aquela cena após uma reação tão estúpida, apesar de corajosa, e que além do mais estragaria a surpresa.

Assim, em um movimento único, empurrou a lâmina como se fosse espetar sua goela, e de cima para baixo rasgou a blusa, liberando lindos seios com mamilos rosados.

A reação geral e imediata só podia ser prevista por três pessoas ali: Edward, que flagrara ambos na cama, e os próprios Jack e Read. Todos os demais, inclusive os marujos prisioneiros, vibravam, urravam. Esses últimos até mesmo esqueciam o quão dramática e vulnerável era sua situação ali.

— Completando a minha pergunta... — anunciou o Barba Negra, exigindo silêncio, no que foi prontamente atendido. — Que história é essa de mulher usando roupa de homem? Você fala em injustiça, pirata, mas quando os encontrei fiz questão de deixá-los a sós para tirarem a própria vida ou vestirem-se para nos acompanhar, só não esperava que dois marujos voltassem ao convés, ou, devo dizer, esta linda e graciosa...

— Seu canalha! — bradou Cálico, voando para cima de Edward.

— Matem todos... menos ela! Ouviu, Morgan? Ela é minha! — bradou com toda a força o Barba Negra, enquanto espetava sua espada no coração do inimigo.

(tempos depois)

21

Fazia um tempo feio do lado de fora e as janelas do pequeno bistrô no Marais começavam a ficar salpicadas por grossos pingos de chuva. O estabelecimento havia sido adquirido por eles como fachada. Rendia algum dinheiro, mas no fundo era o ponto de reunião ideal.

— Afinal de contas, posso saber o que está acontecendo? — questionou um indignado William Kemper.

— É como eu falei dias atrás, está tudo parado, nenhuma novidade, caso contrário eu teria dito — tentou ponderar Louis Pierre Collet.

— Você consegue entender que "nenhuma novidade" está longe de ser uma resposta razoável?

— Eu é que não entendo a sua surpresa, não estão acontecendo ataques e o porquê disso é óbvio, mas é só uma questão de tempo, acho eu.

— Ah, você acha? Bem, então suponho que posso dormir tranquilo, certo?

— Não foi isso que eu quis dizer...

— Mas foi o que você falou! Diga-me uma coisa, e se as ações pararem de vez, como é que a gente fica?

— É da forma que eu já contei, elas diminuíram, claro, porém eu acho...

— Preciso pedir um favor: nunca mais ache nada, apenas responda. E se os ataques pararem de vez, como ficamos?

Foi a vez de Collet assumir o discurso. Tanto ele quanto Kemper, ainda que frustrados, buscavam uma saída para a perspectiva de derrota que se desenhava. Parecia animado.

— Teremos perdido, a não ser que...

— A não ser que...?

— A não ser que intercedamos. Que tratemos de criar uma intriga entre eles, poderíamos pensar em um novo elemento e...

— Não! De jeito nenhum! Nada de novo elemento! Desde o início foi sua a ideia de aproximá-los! Tudo poderia ser muito mais fácil!

— Ideia minha? Permita-me recapitular. Quando começaram os ataques, a direção a ser seguida logo se mostrou óbvia, ou então poderíamos ter optado por uma medida mais drástica. Optamos por agir com prudência, acima de tudo para retribuir o que nos fizeram do mesmo modo. Com astúcia, para que em algum momento, no final, tivéssemos um mínimo de satisfação.

Kemper apenas ouvia.

— Poderíamos ter encerrado tudo lá no começo. Bastava para isso entregar a fita para as autoridades e pronto, esse delinquente já estaria atrás das grades, caso encerrado. Poderíamos voltar a nossa atenção para o que interessa, retomar nossos projetos...

— Retomar nossos projetos, diz ele! — bradou Kemper com irritação. — Como se realmente pudéssemos retomar alguma coisa com aquela cretina à espreita!

— Mas que trauma, hein? — foi a resposta irônica de Collet, tentando trazer um pouco de graça à conversa para, quem sabe, diminuir a temperatura do comparsa.

Não adiantou de nada. Muito pelo contrário.

— Ah! Agora sim entendi tudo! Você está achando tudo isso uma graça, não está? Está se divertindo, não é mesmo?

— Claro que não, eu...

— Está achando uma farra a hipótese de andar em círculos e novamente ser feito de palhaço, certo?

— De forma alguma, mas...

— TRAUMA É O CACETE! VOCÊ ENTENDEU BEM? VÁ FAZER PIADINHA COM OUTRO! E EM OUTRO MOMENTO! ATÉ PORQUE TRAUMA, SE EXISTISSE, NÃO SERIA APENAS MEU!

Outro intervalo se repetiu; desta vez um pouco mais demorado. O constrangimento era mútuo, ambos sabiam que discutir não levaria a nada. Precisavam raciocinar. Novamente o raciocínio foi retomado por Collet.

— Olha, tudo bem, concordamos que este seria o melhor caminho, ou melhor dizendo, o caminho preferido. Quem não ficou animado com a possibilidade de se divertir um pouco, ainda que reconhecendo todos os riscos envolvidos? Lembro que até mesmo a possibilidade de nos aproximarmos dele foi aventada, até que...

— ... Até que descobrimos sobre o passado dele e decidimos arriscar.

— E por acaso funcionou? Quero dizer, no sentido de ter criado ainda mais elementos para o nosso plano, sem dúvida, mas o que dizer neste exato momento? Está funcionando?

— Acho que sim, acho que pode estar funcionando. Essa aproximação deles era de se esperar...

— Aproximação? Os dois praticamente não se desgrudam há semanas e você ainda tem a coragem de usar o termo aproximação?

Enquanto um raciocinava sobre o que havia acabado de ouvir, o outro fazia o mesmo a respeito da própria constatação.

De fato, não podiam negar que eles já formavam um casal, uma conexão forte a ponto de incluir visitas constantes. E se ele desistisse de agir? E se ambos optassem por continuar um romance a tal ponto que ele se esquecesse por completo da sua missão? Afinal, podiam afirmar que até ali já haviam interferido. As ações simplesmente haviam parado.

A decisão de investigar Tom foi assumida logo após o primeiro ataque. Com as imagens das câmeras de segurança seu rosto ficou muito fácil de ser identificado, mas foi graças à segunda ação que tiveram a oportunidade de segui-lo e ver onde morava. Quando, logo após sua entrada no prédio, a luz da sala no sexto andar se acendeu, tudo ficou ainda mais fácil.

Não precisaram contratar ninguém, eles mesmos faziam revezamentos perto de seu prédio. Em inúmeras situações estiveram bem próximos, sentados em cadeiras vizinhas no Jardim das Tulherias, em queijarias e, claro, à espreita durante os ataques.

A cada ação, apenas crescia a confiança inicial de que ele não pararia tão cedo. Uma confiança que os encorajou a pôr em prática o plano de envolver Marie. Não esperavam, porém, o improvável cruzamento entre suas histórias.

Partiu de Collet, assim que decidiram costurar o encontro entre eles, a ideia de instaurar uma investigação trivial sobre Tom. Não foi possível ter certeza absoluta sobre seu local de nascimento logo quando surgiu a informação, precisavam primeiro checar a naturalidade de Marie, mas, acima de tudo, a coincidência era tão absurda que de imediato foi descartada. Seria muita felicidade.

Então, após a confirmação, sua expectativa se inverteu por completo.

Salisbury não era tão grande assim a ponto de tornar um encontro improvável. Muito pelo contrário, a partir do momento em que se estabeleceu o cruzamento entre suas datas de nascimento, poucos meses de diferença a mais para ela, a excitação entre eles só fez crescer. O fato de terem estudado na mesma escola apenas consagrou uma perspectiva, e assim tiveram todos os motivos para dar seguimento ao plano.

Desde o começo estava claro que tudo poderia dar errado. O plano pressupunha bom senso por parte de ambos e uma boa dose de química. Sem falar em muita sorte.

Para início de conversa, e se ambos não se entendessem? Deixando de lado a atração, mesmo a conversa inicial poderia se desenrolar de um jeito que não favorecesse futuros encontros. Ainda que acontecessem, e um morresse de simpatia pelo outro, onde estavam as garantias de que um envolvimento maior ganharia corpo? Ou, então, e se desse tão certo a ponto de provocar uma troca de confidências?

Aquela situação incomodava por dois motivos: aniquilava por completo o efeito surpresa e ainda tornava real a possibilidade de uma solução mais drástica.

Por todos esses motivos, de tão tênue que era a diferença entre o acerto e o fracasso, de cara não alimentaram muitas esperanças. Chegaram a bolar maneiras de implantar escutas, porém acharam que seria arriscado demais.

De todo modo, continuaram a segui-los a distância. E estavam preparados para entrar em ação o quanto antes, ao menor sinal de movimentação que denunciasse um comportamento diferente.

O debate ali se dava justamente para entender se o momento havia chegado.

— Vamos pensar juntos, há algum tempo nada acontece, nem o mais remoto sinal de ataque, certo?

— Exato.

— E não temos ideia do porquê... Quero dizer, sabemos que eles estão juntos, que se veem com a frequência de verdadeiros namorados, confere?

— Isso mesmo, porém não temos conhecimento do real motivo, ou seja, se ele se apaixonou a tal ponto que perdeu a vontade de aterrorizar a comunidade das artes ou se está louco para atuar, apesar de preocupado com a possibilidade de colocar tudo a perder com ela.

Como de costume, àquela hora o lugar estava deserto. Além deles, apenas o barman estava presente, limpando copos atrás do balcão.

Próximo demais, porém. Não convinha arriscar.

— Danton? Pode ir embora, sim? Deixe tudo como está e termine amanhã.

— Sim, patrão, obrigado. Bato a porta e deixo a chave no quadro?

— Sim, como sempre — retrucou Kemper, que olhou para Collet e fez uma pausa dramática, antes de continuar.

— Já sei o que vamos fazer.

— Mesmo? O quê?

Ele aguardou um pouco, o suficiente para ouvir a porta batendo, olhou para os olhos de Collet e então contou o que tinha em mente.

22

MARIE PRECISAVA PÔR A cabeça no lugar. Não mais a respeito da investigação — que aliás evoluía com mais lentidão do que gostaria e corria sério risco de ser o seu primeiro fracasso —, e sim para entender que tipo de envolvimento poderia surgir com Tom.

Planejava fazer outras visitas a museus e galerias, quem sabe não teriam filmado os ataques com as câmeras de segurança? Aquela, entretanto, era uma hipótese que preferia desconsiderar. Primeiro porque, se de fato houvesse acontecido de o rosto do sujeito ter ficado à mostra, com toda sorte ele já estaria preso. Segundo, por ser uma sugestão que centrava no caminho fácil. Uma solução banal para um caso que se mostrava complexo.

De todo modo seu pensamento estava voltado apenas para o homem que entrara em sua vida sem pedir licença, não satisfeito em ser gentil, bom de papo, carinhoso e dedicado na cama, também era suspeito de crimes contra a comunidade das artes na cidade mais voltada para aquela indústria em toda a Europa.

Nunca que desejaria se envolver com um criminoso, porém aos poucos crescia a sensação de que a dica de Collet não passava de fumaça. Simplesmente não conseguia imaginar aquele sujeito tão sensível na pele de um psicopata que vagava pelas noites parisienses arruinando vidraças e ameaçando instituições.

Em teoria deveria estar vivendo um grande drama profissional, mas não era o que acontecia. No fundo estava arrependida por ter mentido o seu nome, sem falar na patetice que havia sido pintar e cortar o cabelo.

Paquerava uma vitrine de macarons na avenida Opera quando seu telefone tocou.

— Olá.

— Oi... Mas já?

— Hã... É... Desculpe, você tem razão, eu apenas queria dizer que gostei de tudo e...

— Ei! Para com isso, eu estava brincando com você! Ficou sem graça? Desculpa, era só brincadeira, eu também adorei e... O que você ia dizer?

— Antes, deixe-me avisar, essa experiência que me fez passar agora, que você chama de brincadeira, foi o mais próximo que cheguei até hoje de um infarto. Anotado? — perguntou ele aos risos.

— Desculpe, não resisti! Tudo bem? — disse ela, totalmente derretida.

— Tudo, o que está fazendo agora? Pensei em convidar você para fazer alguma coisa, só não sei o quê.

— Eu adoraria.

— Hã? Mesmo? Eu não tenho uma ideia precisa do que faríamos, mas me deu vontade de ver você de novo.

— Jura? Eu... Adoraria.

— Onde você está?

— Bem perto da sua casa, estava pensando em comprar um chocolate, consigo estar em frente ao Hotel Regina em cinco minutos, se você quiser.

— Perfeito!

— Bem, até logo então! Beijo!

Não, aquele sujeito não poderia ser o alvo da sua investigação. Não poderia ser. Tinha certeza.

Marcaram de encontrar-se no Café Angelina da Rivoli, mas acabou acontecendo alguns metros antes, na livraria Galignani. Tom caminhava em direção ao lugar marcado quando a avistou manuseando romances do lado de fora. Pensou em entrar e surpreendê-la, mas freou o ímpeto para gozar o momento. Observá-la às escondidas parecia errado, mas ao mesmo tempo era irresistível. E também aguçava seu instinto clandestino desenvolvido nos últimos meses.

Não deixava de ser curioso, e ao mesmo tempo cômico, observá-la agindo da maneira mais natural possível. Não que ela tivesse sido menos verdadeira quando estiveram juntos, poderia jurar que desde o primeiro momento acontecera o exato oposto, entretanto era inegável que observava ali uma Amanda desconhecida. Seu olhar, sua atenção, a postura corporal, tudo era diferente.

A situação perdurou por mais alguns momentos, e então passou a recriminar-se de verdade. E se ela de repente olhasse em sua direção e o flagrasse ali? Não poderia gerar uma impressão ruim a seu respeito? De que nutria uma coqueluche estranha, para não dizer doentia?

Além do mais, começava a crescer a mesma excitação que antecipara as primeiras ações nas galerias. E com ela um arrependimento. Abandonara sua missão de vez? Suas convicções eram assim tão frágeis que esgarçavam ao primeiro imprevisto que aparecesse?

Ela se virou em direção à saída naquele exato instante.

Quando isso aconteceu, ambas as expressões, tanto a dele quanto a dela, mudaram na hora. Sorrisos tão sinceros que o resto, como que por um encanto, deixou de existir. *Primeiro imprevisto é o cacete*, disse ele a si mesmo.

— Ei!

— Olá!
— Estava me espionando, é?
— Ah? Eu? Imagina... Está bem, um pouquinho só, havia acabado de chegar... Juro, não precisa me olhar assim! — protestou entre risadas.
— Não tem problema, bobão, aonde vamos?
— Confesso que não pensei em nada específico, tem alguma ideia?
— Algo específico? Também não, mas estou morrendo de fome!
— Ah, então vamos comer e depois a gente vê o que faz!

Sem muita conversa, deram meia-volta e rumaram em direção ao Marais. Tanto um quanto o outro exultavam com a perspectiva de um dia inteiro pela frente.

Sob as colunas da Rivoli caminharam absortos um no outro, enquanto o trânsito passava ao lado, insensível ao momento vivido por eles. Caminhavam sem pressa, de mãos dadas, às vezes nem isso, e no entanto unidos em uma sinceridade absoluta. Ambos desejando um ao outro. Nada mais tinha importância.

— Conhece a Torre de Saint-Jacques? — perguntou ela quando passaram pelo antigo campanário em estilo gótico que precedia o Hotel de Ville.

— Torre? Não... O que tem?

— Bem, a história é longa e não quero ser chata, mas envolve Carlos Magno e é reconhecida como ponto de partida para os peregrinos em direção a Compostela. Depois vale a pena fazer uma pesquisa na internet...

— Hum... — resmungou ele, deixando escapar um sorriso.

— Que foi?! Que cara é essa, hein?
— Nada, é que...
— Agora fala!

Ambos estavam sorrindo, divertidos com a tarefa de provocar o outro.

— ... Essa coisa de "não quero ser chata" mais pareceu uma desculpa... Aposto que você mesma não conhece a história tão bem assim, não é?

— Ah, seu bobo! Conheço um pouco, ora essa, pelo visto melhor do que você! — ralhou ela para em seguida pendurar-se em seu pescoço.

Continuaram caminhando em direção ao Marais, passaram pela vizinhança do Pompidou e então, já próximos da estação St. Paul, começaram a cogitar onde almoçariam. Logo de início concordaram em discordar sobre o Kebab. O momento pedia algo menos caótico e, por que não dizer, mais privado. Nada muito chique, porém, tampouco que lembrasse uma lanchonete.

Então deram de cara com um pequeno bistrô nas imediações da Rosiers. De esquina, com pequenas janelas verdes emolduradas por trepadeiras do lado de fora. Desconhecido por ela e jamais visitado por Tom, ainda que já tivesse passado por ali algumas vezes.

— Parece bacana... Vamos? — perguntou ela como quem no fundo faz uma sugestão.

Tom nem sequer pensou em argumentar. A ideia parecia ótima.

O ambiente era cândido, madeiras claras, parede branca e iluminado de maneira surpreendente.

Pareciam e de fato eram, pelo menos ali, um casal desinteressado em questões mais profundas. A grande e única preocupação era a de estarem juntos. Despojados nas roupas, no comportamento e até na hora de escolher.

— Acho que vou de pato... Tem pato aqui, você viu? Parece bom...

— Pato? É? Hum... Eu estava imaginando um tartar...

— Ah, então... podemos dividir? E se pedíssemos uma salada e depois o tartar?

— Acho ótimo... Água e vinho?

— Água e vinho, certo!

Tal diálogo, melhor dizendo, as idas e vindas a respeito dos pedidos foram ainda mais longas. E por mais de uma vez o garçom foi chamado para outras recomendações.

Ao fim do almoço deixaram o lugar em silêncio. A satisfação pelo momento aos poucos ganhava contornos dramáticos. Como se não quisessem estragá-lo com palavras mal colocadas ou perguntas impertinentes. Lá pelas tantas *que tal um sorvete?* foi o máximo que surgiu por parte dele — e a sugestão foi logo aceita por ela.

Atravessaram a ponte Marie, desceram a Deux-Ponts e subiram a Saint Louis en l'Île, até a Bertillon, quando o tom de despedida começou a ganhar corpo.

A ideia de repetirem a noite anterior era ótima para ambos, mas em silêncio concordaram em repassar as últimas horas sozinhos.

— Pensei em ir para casa fazer umas coisas, se bobear não volto.

— Jamais fui dispensado com tanto afeto, viu? Obrigado.

— Hã? Dispensado? Não diga isso... — ela enrubesceu na hora.

— Estou brincando, sua boba, eu também não posso me dar ao luxo de brincar, não? A gente se fala depois, certo?

— Combinado.

Despediram-se com um amargo beijo. Já era indisfarçável o desconforto que teimava em despontar.

A noite foi especialmente desconfortável para Marie. Revirar-se na cama incontáveis vezes era inevitável, enquanto tentava imaginar uma forma de driblar a situação.

Afeiçoar-se por um potencial investigado jamais seria aconselhável, e no entanto a situação alcançara patamares alarmantes. Tivesse apenas se afeiçoado pelo sujeito, desconheceria dificuldades de abandoná-lo, reverter o sentimento de algum modo, desvencilhar-se, enfim, de uma possível armadilha emocional.

O ponto, e já não era possível esconder tal fato de si mesma, era que estava irremediavelmente apaixonada. Nutria por Tom um sentimento especial, jamais dispensado a outro homem. Uma constatação que impunha um questionamento: como fora capaz de cometer um erro tão elementar?

Sua esperança, única e derradeira, era a de conseguir descartar logo o envolvimento dele nos ataques. O quanto antes, melhor. Não restava outra saída.

Do outro lado do rio, em seu apartamento de frente para o Jardim das Tulherias, Tom Gale não estava certo sobre a noite que teria. Descartou hipóteses que envolvessem repouso e sono profundo, aquilo era certo.

Daquela vez, no entanto, não perambularia pelas esquinas da cidade na calada da madrugada, maquinando ou mesmo executando algum ataque capaz de criar nas pessoas a conscientização devida em relação às artes e à história em geral. Muito pelo contrário, permaneceria ali, em sua sala, matutando sobre a situação em que estava se envolvendo. Sentia-se culpado por mentir tantas vezes e de forma seguida para Amanda. Não gostava da sensação de se sentir a todo momento um clandestino, alguém que precisasse simular um personagem.

Para piorar, até mesmo precisara interpretar um completo ignorante, como se de fato não soubesse nada a respeito do campanário de Saint-Jacques.

Mas o pior de tudo, sem qualquer termo de comparação, era constatar o incômodo. A simples existência do sentimento só poderia significar que de fato estava começando a se envolver mais do que deveria.

Permaneceu sentado na poltrona durante toda a madrugada e só quando o dia começou a clarear cedeu ao cansaço.

23

— Pois não, em que posso ajudar?
— Sardinhas, por favor... Uma dúzia.

Tom jamais almejara tanta felicidade, e não tinha nenhum problema, reconhecia naquilo um traço de baixa autoestima, ainda que sua evidente dificuldade para se relacionar a tornasse perfeitamente justificável.

Assim, encarava tudo o que lhe acontecia com o mais absoluto encanto. Uma espécie de incredulidade perene e às vezes temor, como se a qualquer momento pudesse despertar e descobrir que tudo não passou mesmo de um bonito sonho.

Na verdade, a simples ideia de ser aguardado por uma linda mulher, e não só, mas de que esta alimentasse sentimentos por ele, tudo extrapolava o fantasioso.

Aquele programa, por exemplo, de ir à feira comprar ingredientes para um almoço, ou o hábito recém-adquirido de buscar informações a respeito de programas a dois, mais do que prazerosos, emprestavam à sua personalidade uma confiança que nunca imaginou que pudesse sentir um dia. A mudança era boa, sem dúvida, mas também difícil de administrar. Fazia um esforço danado, por exemplo, para agir com naturalidade e não demonstrar sua inexperiência em relacionamentos.

Em resumo, tudo ia bem, sentia-se feliz e não desejava que nada envolvendo Amanda mudasse, porém uma pendência ainda incomodava: o compromisso firmado consigo mesmo de combater os usurpadores da história e da arte.

De tão grave, a questão começava a ocupar um espaço preocupante em seus pensamentos. A não ser quando ela estava por perto, o que por um lado representava alívio e por outro reforçava o óbvio: sua presença arrefecera o ímpeto de antes. Ora essa, o próprio convívio entre eles, na prática, inviabilizava qualquer hipótese de novos ataques.

Não raro, quando passavam perto de um museu ou galeria experimentava certa angústia. Procurava ao máximo não deixar transparecer a menor reação, com receio de que ela percebesse. Por duas vezes, uma quando visitaram o D'Orsay e outra no Louvre, seu desconforto foi tamanho que cogitou inventar uma indisposição qualquer para deixarem o local.

A outra situação que também incomodava estava relacionada ao seu sobrenome. Aquilo não estava certo e precisava ser resolvido logo.

— Algo mais?
— Não, só isso, obrigado.

Fazia uma linda tarde de primavera em Paris, o céu estava limpo e as pessoas tomavam sorvete enquanto passeavam. Marie não chegava a ser indiferente a tão belo pano de fundo, mas a verdade era que, mesmo se fizesse um tempo cataclísmico, daqueles complicados de sair de casa, ainda assim estaria tudo bem. Primeiro porque Tom poderia ir até ela, e segundo que nem mesmo um dilúvio a impediria de visitá-lo.

Acabara de desembocar na estação do metrô das Tulherias e sentia-se feliz só de imaginar o dia que teria pela frente; daria gostosas risadas, assistiria a filmes, beberia um bom vinho e comeria algo fresco preparado por ele. Como se não bastasse, o sexo seria ótimo, com pitadas de insegurança da parte dele, que tornariam suas investidas durante a madrugada, quando ele a abraçava por trás e logo dava um jeito de começar tudo de novo, ainda mais surpreendentes.

Se Tom não era seu primeiro grande amante, e de fato não era, sem dúvida merecia a mesma consideração. Talvez até mais. Momentos tórridos à parte, o que desde o primeiro instante a cativara foi acima de tudo a sua timidez. Não acontecia de terem dúvidas ou impasses por este motivo, ele sabia muito bem se posicionar quando era necessário, entretanto o fazia com tanta cordialidade, com tamanha delicadeza, que não era fácil contrariá-lo.

Segurava uma pequena bandeja de doces e, um tanto atrapalhada, precisou interfonar ao chegar ao prédio, o que era raro, pois na maioria das vezes o porteiro estava por ali.

— Alô?

— Sou eu!

— Oi! Escuta, me faz um favor? Pode comprar um litro d'água? Acabei de ver que esqueci de comprar mais cedo, me desculpa?

— Claro que não desculpo, que absurdo ter de comprar um litro d'água, não sei se vou conseguir carregar...

— Ah, vou descer, um instante...

— Ei! Ainda não se acostumou com meu senso de humor ou sou tão sem graça assim? Peraí que já compro e subo!

— Está bem, minha linda! Até!

Ao virar-se para andar em direção ao mercado, Marie teve uma nítida impressão que lhe causou um frio na espinha: quem era aquele sujeito do outro lado da rua? Andou em sua direção, mas, com tantas pessoas à frente e após o sinal abrir, acabou perdendo o vulto de vista. Tivera a nítida impressão de que se tratava de... Collet?

Não se parecia com ele, estava de óculos escuros e casaco, entretanto suas feições e a estatura provocaram nela um inesperado descontrole. Chegou a perguntar a si mesma, como a simples aparição de um homem, ainda que no fundo fosse uma miragem, era capaz de provocar tal efeito?

De fato, há semanas não recebia qualquer sinal da parte dele, assim como também não buscou entrar em contato. E igualmente era verdade que havia estipulado absoluta privacidade durante o caso, mas tal premissa modificara as coisas com a suspeita deles sobre Tom e o pedido para que fosse investigado.

Entretanto o tempo passou e não só a dica se mostrou vazia como ela passou se afeiçoar a ele com se fosse uma completa adolescente. Por aquela razão sentia-se como se estivesse enganando Collet e seus representantes, já que na prática, e há dias, não investigava nada nem ninguém.

Seu envolvimento com Tom chegara a tal ponto que era capaz de, com naturalidade, desenvolver raciocínios corajosos e cheios de sinceridade, mas ao mesmo tempo sustentar uma fantasia que impunha esconder sua própria identidade.

Fantasia, sim!, reforçou para si mesma. *Ora, se você mente o seu nome, corta o cabelo e o pinta de outra cor, se em nenhum momento conta a ele o que de fato faz, mas inventa a desculpa de que está desenvolvendo projetos que mal consegue explicar e depois muda de assunto, como poderia chamar de outra forma esse relacionamento?*

Plantada estava e plantada continuou, por outros quinze minutos, na frente do mercado. Precisava enfrentar a situação de uma vez por todas, por mais doloroso que fosse.

No fundo, sabia muito bem o que estava acontecendo. Que, se de fato gostasse tanto assim de Tom, o certo seria contar toda a verdade, ser honesta e não fazê-lo de bobo. O problema é que o primeiro encontro deles nasceu de uma mentira, e a partir de então, quando começaram a se envolver de verdade, não viu mais sentido, ou melhor, mais espaço para contar as coisas como elas eram. Caramba, até mesmo acostumou-se a pintar o cabelo de tempos em tempos, a depilar-se para não deixar aparecer seus pelos ruivos e, o pior de tudo, a ser chamada por ele de Amanda!

    Não seria fácil, mas, se estivesse decidida a continuar sua história com ele, era necessário. Estava inclusive a ponto de abrir o jogo e confrontá-lo como suspeito de protagonizar os ataques. Que aliás haviam cessado, o que a fazia imaginar se o acordo com Collet continuaria. Também com ele precisaria ter uma conversa, mas a prioridade naquele momento era outra.

— Oi! Não ouvi o interfone tocar!

— Oi, dá um beijo aqui... O porteiro já tinha voltado, não precisei tocar... Tudo bem? Olha aqui, aproveitei e comprei também uns doces para a sobremesa — disse ela rápido, na tentativa de disfarçar o semblante aturdido.

— O que aconteceu?

— Em que sentido?

— Sua cara não está nada boa... O que foi?

— Nada, ué, o que tem a minha cara? Não gostou? Estou feia? — ela disse forçando o sorriso e em seguida dirigindo-se para a cozinha, com a desculpa de organizar as compras.

— Você continua linda, mas nem toda sua beleza explicaria este cenho franzido... Ou o fato de você ter esquecido de comprar a água.

Neste momento Marie virou-se e olhou para ele com pesar. Não adiantava mais disfarçar outro ânimo e no fundo nem sequer tinha essa vontade.

— Podemos conversar?

— Claro... O que aconteceu? Agora fiquei preocupado...

Foi então, quando Marie tomou fôlego e coragem para falar, que o som da televisão ocupou o ambiente.

"Notícia urgente. Ainda não está confirmado se foi um atentado da série que atormentou os donos de galerias há meses, entretanto, acaba de surgir uma mancha vermelha na pequena pirâmide do Carrousel do Louvre, ao vivo... Eric, você me ouve?" "... Boa tarde, Sophie, sim, ouço você bem, ainda não está claro o que levou à evacuação das pessoas no shopping do Carrousel do Louvre, mas algumas testemunhas garantem ter presenciado a cena, a pequena pirâmide parecia estar banhada em sangue, ainda que tenha ficado claro ser tinta... De todo modo, o simbolismo incomodou os seguranças, a polícia já está a caminho e até falam por aqui na evacuação de todo o museu, embora ainda seja necessária uma confirmação a esse respeito."

24

— Olhe para mim...

— Mas eu estou olhando!

— Eu tenho cara de quem está mentindo?

— E desde quando olhar para sua cara virou garantia de alguma coisa?

— Você me respeita!

— Mas eu respeito!

— Então para de fazer essa cara!

— Mas que cara?

— Você sabe muito bem, cara de quem não está acreditando em uma vírgula do que eu estou dizendo!

— Mas eu...

— Olha lá, hein?!

— Então está certo, não direi mais nada.

— Eu juro, vi tudo e acho mesmo que ninguém viu melhor do que eu.

— E você diz isso por qual motivo?

— Porque eu estava atrás dele, do italiano!... Quero dizer, na mesma linha, logo após a pirâmide invertida!

— Sim, no exato momento em que ele...

— ... No exato momento em que ele derramou o tal líquido viscoso em cima da pequena pirâmide!

— Entendi, com o copo de *milk-shake*, certo? Ele virou o copo em cima da pirâmide, não é? Por acaso ele não estava brincando com os amigos, alguém o empurrou, ele perdeu o equilíbrio e sem querer o líquido caiu em cima da pirâmide?

— Não, não foi sem querer! Eu vi! Eu vi na cara dele!
— Tudo bem, está certo.
— Se repetir essa expressão mais uma vez eu prometo que nunca mais falo contigo!
— Mas que expressão eu fiz agora, meu Deus!?

A arruaça na maioria das vezes promovida por turistas naquele McDonald's, localizado na esquina da Rivoli com a l'Échelle, talvez justificasse como a mais enfezada das senhoras falhou ao perceber Collet na mesa ao lado. De todo modo, a camisa da Itália estava por baixo do casaco e, é claro, ela estava coberta de razão em seu depoimento.

Ele terminava uma porção batatas fritas pequenas com a parcimônia que as grandes iguarias mereciam. Como se de fato as estivesse degustando, e não àquele tão divertido diálogo. Entrara precisamente ali por alguns motivos, pela ordem: vestir o casaco, livrar-se do boné, recuperar a respiração e, o principal deles, observar a entrada para o complexo de lojas do Carrousel do Louvre com toda a discrição possível. Precisava certificar-se sobre a chegada de policiais e da mídia. Quem sabe até mesmo alguma agência governamental poderia surgir. Seria ótimo.

Pouco antes precisou esperar um bocado até Marie desaparecer porta adentro do prédio. Mesmo disfarçado, odiou-se por ter concedido justo a ela a oportunidade de ser avistado. Ainda que logo após o cruzar de olhares tenha encontrado um jeito de se esconder atrás de uma balança dentro da farmácia.

Por outro lado, absolveu-se, o Carrousel era logo ali e, embora soubesse que Tom morava por perto, nunca poderia imaginar tamanha coincidência.

Importante mesmo, porém, era que tudo dera certo, desde os aspectos triviais, como providenciar camisa e boné da Itália nos camelôs da Rivoli e cargas de caneta tinteiro vermelha nas lojas do Carroussel.

Também não foi um mistério estourar a tinta dentro do copo de refrigerante. E eram tantos no grupo, tamanha a algazarra quando reuniam-se em torno da pequena pirâmide, que infiltrar-se no meio deles durante as fotos beirou o ridículo.

Quando finalmente avistou a polícia e a mídia chegando, entendeu que poderia deixar a lanchonete, porém não sem antes fazer o costumeiro contato.

— Oi, sou eu, deu tudo certo, viu? Sim, sim, agora é só esperar, mas também acho impossível que não tenhamos consequências.

(os dias seguintes)

25

Logo ao despertar, ainda de olhos fechados, Tom esticou o braço e não parou de tatear até alcançar o telefone em cima do criado-mudo. Quando conseguiu alcançá-lo verificou que já passava do meio-dia.

Amanda não havia respondido às ligações que fizera, tampouco respondera às mensagens que enviara desde a tarde anterior, enquanto acompanhava febrilmente todo o noticiário sobre o incidente no Louvre. O que estava acontecendo? Alarmado, chegou a reprisar seus últimos gestos, porém não encontrou nada que pudesse justificar aquele comportamento.

Pensando bem, de fato, durante o breve contato pelo interfone, ela até mesmo gracejara, mas, pouco depois, quando subiu, sua expressão parecia confusa, de alguém preocupado. Nem mesmo levou a garrafa d'água que ele pediu.

Ainda deitado, dedos entrelaçados no peito enquanto raciocinava, tentou perceber algum gesto, algo que ajudasse a esclarecer a situação, entretanto nada aparecia. E então lembrou-se dela falando que precisavam conversar quando surgiu a notícia na televisão e tudo mudou... Seria possível? Teria dado bandeira de tal forma que, quando a notícia sobre o acontecido no Louvre apareceu na televisão, ela percebeu seu nervosismo e inventou uma desculpa para sair?

Por outro lado, a reação intempestiva dela viera bem a calhar. Seus sentimentos misturaram-se quando o repórter começou a narrar os fatos. Foi do espanto à incredulidade, da curiosidade ao rancor e, acima de tudo, sentiu muita inveja. Inveja e um sentimento de posse ferido, pela ousadia de terem se apropriado de uma causa sua. Única e exclusivamente sua.

Observando o cenário pelo lado positivo, se aquela ação não poderia ser explicada de outra maneira que não uma óbvia influência das suas investidas, então não deixava de ser uma vitória pessoal. Merecia enfiar-se em um bar e comemorar se após tantas exposições perigosas davam sinais de que haviam compreendido a sua mensagem.

O problema é que estaria mentindo para si mesmo.

Jamais pensou naquele objetivo. Gostaria que entendessem o que fazia, que fossem capazes de criar empatia por seus motivos, nunca imaginou que outros também pudessem se sentir animados a ponto de organizar ataques. E se outras pessoas seguissem o exemplo? E se novas ações tivessem vez?

O tema era importante, até mesmo instigante, e ainda assim momentaneamente secundário. Precisava esclarecer em sua cabeça a suspeita de ter feito algo que aborrecesse Amanda. Ou, pior ainda, que tivesse suscitado nela dúvidas a respeito de quem era ou havia sido nos últimos meses.

Chegou a rir de nervoso.

Uma reação natural, levando-se em conta que não realizara nenhum ataque desde quando começaram a passar mais tempo juntos, e o último tinha sido anunciado quando ela estava do seu lado.

Decidiu telefonar mais uma vez.

26

À BEIRA DO SENA, na altura do D'Orsay, Marie desesperava-se. Há precisas 48 horas, desde o momento em que deixou o apartamento de Tom de maneira abrupta, após assistir com ele ao noticiário da televisão sobre o acontecido no Louvre, fez de tudo para recapitular cada passo, desde o início, quando se reunira com Collet para ouvir sua proposta. Era capaz de correr cada momento com desenvoltura, inclusive o início de seu envolvimento com Tom, porém os últimos momentos estavam sendo muito difíceis de digerir.

A começar pelo diálogo com o policial designado para isolar a pequena pirâmide no Carrousel. Grosseria e despreparo não podiam fazer parte da polícia francesa. Ou pelo menos não deveriam. Ainda assim usou todos os argumentos para mostrar àquele policial que não seria fácil se livrar dela.

— Mas então não existe outra informação? Nenhuma outra?

— O que a senhorita quer dizer com isso?

— Nenhuma outra? É isto que quero dizer... Aconteceu o que aconteceu e pronto? Vocês não têm mais qualquer informação a respeito? Alguma dica? Nem mesmo uma?

— O que a senhorita pretende dizer com "aconteceu o que aconteceu"? Não estou entendendo sua reação, e, para ser franco, menos ainda seu interesse. Por acaso um copo de milk-shake cair no chão é motivo para espanto, alarde ou preocupação de alguém como a senhorita, que nem mesmo faz parte de um corpo de segurança?

— Acontece que...

— A senhorita trabalha para alguma agência secreta? FBI?

— Não, eu apenas...

— Já sei, é jornalista?

— Também não, mas...

— Se não é da polícia, de qualquer agência, nem mesmo da imprensa, pergunto: qual é o motivo para tanto interesse neste episódio tolo?

— O senhor tem razão, sou apenas uma intrometida, mas agora pergunto eu: se foi apenas um copo de milk-shake, refrigerante ou sei lá o que derramado no chão, por que vocês estão aqui? — questionara, lá pelas tantas, recebendo como resposta o mais absoluto silêncio.

De repente, toda a empáfia de antes se perdera, e ela aproveitara a oportunidade para pressioná-lo um pouco mais. Mesmo sabendo que não daria em nada.

— Tem a ver com os ataques às galerias, não é? As autoridades estão temendo que os próximos alvos sejam os museus, não é mesmo?

Subitamente o rapaz deixara o estado de torpor provocado pelo constrangimento da primeira pergunta, dera um jeito na postura e então responderá de maneira fria e pouco convincente:

— A senhorita não é da imprensa, tampouco uma colega de trabalho, portanto peço que, assim como os demais curiosos, afaste-se e deixe-nos trabalhar.

Ela já esperava por isso e quase sorriu em retribuição, mas temeu provocar uma reação ainda pior. Apenas obedeceu, afastou-se da pequena pirâmide e, um tanto decepcionada, deixou o shopping do Carrousel.

Já na Rivoli, caminhando a esmo em direção ao Marais, não conseguiu deixar de alimentar a sensação de derrota. Chegara a debochar de Collet quando este lhe dissera que não havia pistas. Bem ao contrário, argumentara que a situação era perfeitamente rastreável, falara sobre a impossibilidade de existir um crime perfeito, invulnerável a uma boa investigação. E no entanto viu-se alimentando sérias dúvidas, e acima de tudo experimentando um sentimento inédito de medo pelo fracasso.

Várias vezes teve de respirar fundo, durante a caminhada, para conseguir desfiar a razão e o encadeamento de todos os fatos. E então, pela primeira vez, tentou mapear cada ataque às galerias e estava claro, pelo menos assim lhe parecia, que logo os próprios museus passariam a ser os alvos preferidos, porém jamais havia imaginado a possibilidade de uma ação em plena luz do dia. Até mesmo havia cogitado começar a fazer incursões noturnas em pontos--chave da cidade, e agora aquilo?

Acima de tudo, porém, sua frustração estava ligada ao fato de nunca ter estado tão perto de uma ação no exato momento em que ela ocorria. Pior, assistiu ao fato sendo noticiado pela televisão ao lado de Tom, que, estava na cara, já havia suspeitado de seu humor quando abrira a porta e ela avisara que precisavam conversar.

Sua reação com a notícia e a incredulidade estampada em seu rosto quase a desmontaram, entretanto precisava correr para o Louvre de modo a buscar as informações mais frescas possíveis. Estar tão perto do local de um ataque, e no momento justo, era uma oportunidade que não poderia ser desperdiçada. A única notícia boa havia sido a confirmação definitiva de que ele não tinha nada a ver com a ação. De resto, ninguém percebera os cartazes, e mesmo a pequena pirâmide suja não chamara tanta atenção assim da imprensa, mas tinha absoluta certeza de que eram fatos interligados. E o posicionamento da polícia a fazia imaginar que não era a única a ter tanta convicção.

Pouco depois, quando decidiu voltar para casa, determinada a tomar uma ducha quente e a recolocar os pensamentos em ordem, o celular tocou. Logo no primeiro instante sua reação foi de medo, de pavor, melhor dizendo, que Tom cobrasse explicações sobre sua saída abrupta. Não queria ter de explicar nada, pelo menos não ali. Tinha certeza de que não seria capaz de mentir mais uma vez para ele e temia o desfecho da conversa.

O telefone continuou tocando e ela se deteve em plena calçada, tirou o aparelho da bolsa e com alívio leu a mensagem no visor: "número desconhecido."

— Alô?
— Oi, é o Collet... Podemos falar?
— ... Sim, podemos.
— Pode ser agora?
— Você diz um encontro? Quer me ver pessoalmente?
— Se não for um problema... Eu sei que você não gosta de intromissões, mas...
— Não tem problema, podemos, é claro.
— Em trinta minutos no Café de Flore, tudo bem?
— Estarei lá, até.
— Até.

Pronto, sua fracassada condução na investigação atingira níveis de fato preocupantes. Não precisava ser muito esperta para intuir que Collet pretendia questioná-la. Era muito provável que seus clientes o pressionassem, queriam ser informados sobre o andamento das investigações. Esperavam por notícias animadoras, ainda que vagas, ao menos capazes de deixá-los esperançosos quanto ao fim dos ataques.

Pensou melhor e concluiu que a notícia do acontecido no Louvre já deveria ter corrido a cidade e talvez a conversa nem mesmo ganhasse contornos tão dramáticos. Não passaria de uma formalidade, a quebra de contrato unilateral. De todo modo ela não dispunha de nenhuma pista real, a mínima fagulha a qual pudesse se agarrar sem se mostrar enfraquecida, com dúvidas e reticente sobre o futuro da investigação.

Afinal de contas, o que dizer?, chegou a se perguntar. *Como explicar a total e completa ausência de qualquer evolução significante?* Sim, é verdade, no início até mergulhou com afinco no caso, mas então o próprio Collet trouxe uma dica que se demonstrou vazia. Poderia usar tal argumento em defesa própria?

A simples hipótese fez com que sentisse vergonha. Uma profissional alegando que foi atrapalhada por uma dica que nem mesmo teve o cuidado de averiguar a fundo como havia sido apurada? Como, ora essa, se fora contratada para tomar decisões que solucionassem o problema e não encontrar desculpas que justificassem seu fracasso? Não faria o menor sentido. Menos ainda tendo em mente que acabou se envolvendo com o suspeito, muito embora ninguém soubesse do fato.

Enfim, de que maneira usaria cartadas como aquelas sem passar constrangimento? Pior, como, a partir de então, poderia assumir postura de investigadora? Com que coragem? Não que alguém fosse procurá-la após tão retumbante fracasso que se alastraria na pequena comunidade de agentes, agências e potenciais clientes.

Considerou e lamentou todo o cenário, porém nada a envergonhava mais do que ter se envolvido com Tom. Sua única desculpa era ter de fato se apaixonado por ele, mas, ainda assim, aos olhos de Collet, seu contratante, pareceria absurdo que, após indicar um suspeito de promover os atos que estava sendo paga para investigar, se envolvesse justo com o dito-cujo.

Chegou ao Café de Flore com poucos minutos de antecedência e ainda do lado de fora, na calçada, foi capaz de avistar Collet em uma mesa de canto. Cogitou permanecer um tempo ali, tentando ler seu semblante, mas não foi necessário. Aparentava tanta calma que, Marie poderia apostar, estava para acontecer o último encontro entre eles.

— Cá estou... Atrasei?

— Oi! Não, não, de forma alguma, eu é que cheguei um pouco mais cedo... Quer um café?

— Sim, quero dizer... Um vinho do Porto.

— Hã... Mesmo? Então eu acompanho você... Por favor, duas taças de Porto... Pode ser esse, perfeito, obrigado... Mas e aí, como você está?

— Eu? Bem, bem... — respondeu ela, surpresa. Que tom festivo era aquele?

— Eu imagino que esteja, nós também estamos... Ah, obrigado, muito obrigado.

O garçom, então, voltou para servir o vinho, e ela, em segredo, comemorou a brecha que poderia servir para que recuperasse o fôlego e refizesse sua própria postura aparvalhada. Para que tentasse compreender o tom do outro lado da mesa. Collet de fato parecia... Contente? Seria exagero dizer aquilo? Até mesmo a roupa, uma camisa polo azul-clara, óculos escuros presos no primeiro botão, uma bermuda bege e mocassim marrom, em nada lembrava o sujeito tímido e formal do primeiro encontro que tiveram. Ela, por outro lado, apesar de também parecer jovial graças à calça amarela, à sapatilha creme e à blusa vermelha, além do rabo de cavalo, tinha absoluta certeza, desfilava um semblante nada festivo.

— Um brinde, então? — sugeriu ele.

— Sim... Sim, digo, claro... A que brindamos?

— Ah, Marie, por favor, não se faça de inocente, nós já sabemos de tudo.

— Inocente, eu? Não estou entendendo...

— Ora essa... — disse ele enquanto a encarava com firmeza.

Por um momento Collet pareceu esperar que ela argumentasse de alguma forma, porém Marie continuou muda. Então ele continuou.

— Muito bem, deixe-me admitir uma coisa, desde o início, quando fechamos o acordo, falei a meus clientes que você não queria ser atrapalhada. Que havia deixado claro o desejo de não ser importunada e que eu seria o único com acesso para fazer uma possível intermediação, como combinamos — explicou ele, novamente esperando algum tipo de consentimento do outro lado da mesa para prosseguir, o que se deu via um imperceptível aceno de cabeça.

"Bem, como você pode imaginar, a reação não foi das melhores, mas eu falei para eles que valeria a pena, e que o fato de você ter uma postura forte era prova incontestável da confiança na sua capacidade, e então fizemos apenas questão de deixar disponível o resultado das nossas investigações amadoras e... O que foi?"

— O que foi... O quê?

— Não sei... Você está bem? Parece estranha...

Só então percebeu que estava deixando transparecer um ar atônito, impossível de não ser percebido. Empertigou-se na cadeira e tentou manter um tom mais formal.

— Impressão sua, está tudo bem, continue, por favor, estou curiosa para ver aonde isso vai chegar — deixou escapar a parte final sem querer.

— Mas, Marie, não estou entendendo... O que quer dizer com "aonde isso vai chegar"? Caramba, nenhum de nós esperava uma solução tão rápida!

Solução? Do que você está falando, cara?, pensou, tentando não mexer um único músculo. Precisava ouvir mais, entender o que estava acontecendo, mas ao mesmo tempo sem deixar transparecer sua absoluta ignorância.

— Tudo bem, tudo bem, falar em solução é exagero, mas, se você já está tão próxima assim do principal suspeito… Aliás, devo dizer, claro que o mérito é todo seu, mas foi impossível não degustarmos uma ponta de orgulho, afinal de contas, de certa forma colaboramos, não que tirar seu mérito passe pela nossa cabeça e…

Principal suspeito? Ah, não…

Àquele ponto a sensação, que já era de extremo desconforto, começou a ganhar contornos do mais absoluto medo. Ainda não tinha certeza sobre o que Collet estava querendo dizer, e no entanto começava a crescer dentro dela um pressentimento péssimo, o pior possível.

— O que foi? Você achou mesmo que não acompanharíamos seus passos a distância? Por favor, espero que isso não seja um problema, cumprimos todos os seus pedidos, e este, me lembro bem, jamais foi um deles. De todo modo, acho natural e mesmo justo que quiséssemos acompanhar os progressos e…

— Se de uma vez por todas você não for claro, prometo que me levantarei e irei embora agora mesmo! — disse ela em um rompante, acrescentando uma ameaça final capaz de surpreender a si mesma: — E pode esquecer o restante da investigação! — disse, providenciando o rosto mais duro possível.

Eis que, de novo, assim como acontecera no pub, por um momento surgiu um sorriso na expressão de Collet. Como se ele estivesse se divertindo, mas durou apenas um instante. Logo em seguida, de maneira fria, disse o que ela no fundo já esperava. E temia.

— Já sabemos sobre Tom, Marie. Saiu do apartamento dele hoje cedo, não foi? Não jantaram fora esta semana? Diga-me, como conseguiu confirmar tão de imediato a nossa suspeita? Você presenciou o ataque de hoje? Já podemos denunciá-lo? Bem, de todo modo, suponho que tenha a ver com o fato de vocês serem da mesma região... Enfim, o importante é que ficamos muito entusiasmados e também achamos incrível a ideia de cortar o cabelo e mudar a cor.

— O que foi que você disse? — perguntou ela, pressentindo até então náuseas desconhecidas.

— Ahn? Que já sabemos sobre ele, a respeito do jantar que tiveram, sobre terem se visto nos últimos meses... Aliás, devo admitir, não imaginei que fosse levar a sério uma dica nossa, eu fiquei lisonjeado e...

— Não... Não! Não é dessa parte que estou falando... O quis dizer sobre...

— Marie? Você está bem?

Não poderia estar. Na verdade sentia que poderia desmaiar a qualquer momento.

— Sim, sim... Estou... É só a pressão, às vezes tenho dessas coisas... Me dê licença?

— Claro, eu... Claro...

Continuava podendo ouvir a cidade fervilhando, um casal próximo entre beijos, sem falar nos barcos abarrotados de turistas que passavam com frequência, mas nada superava em realismo o chão frio do banheiro do restaurante. Quando deixou-se escorregar pela parede do cubículo até permanecer encolhida, tombar para o lado e desabar no choro. Um choro convulsionado, intenso, que fazia seus ombros sacudirem o resto do corpo e o ar faltar em seus pulmões. *NÃO PODE SER VERDADE!*, bradou para si mesma o quanto pôde.

Mal se dera conta de quanto tempo permanecera ali e, de todo modo, por mais insuportável que fosse o momento, não pretendia chamar a atenção de Collet. Recobrou o fôlego, tratou de arrumar os cabelos, lavou bem o rosto, retocou o batom claro e em seguida retornou à mesa.

— Desculpe-me, eu...
— Tudo bem?
— Tudo, às vezes acontece, tenho um problema de pressão baixa, na verdade preciso mesmo fazer alguns exames.
— E esses olhos...
— É uma cena feia, acredite, não é bonita de ver, ataca as vias respiratórias... Mas, enfim, vamos em frente, você dizia?
— Que estamos felizes por tê-la escolhido. Muito felizes. Você pensa em denunciá-lo logo ou...
— Não! — interrompeu ela em um tom exagerado, quase de indignação, mais uma vez não planejado. *Minha nossa, eu preciso sair daqui, tenho que terminar com esse encontro de uma vez por todas*, pensou.
— Está bem, está bem, calma, eu só pensei que...
Dessa vez ela procurou medir as palavras, porém, mantendo a firmeza.
— Deixe-me dizer uma coisa, eu entendo a necessidade de me seguirem a distância, mas pensei ter sido clara, interferir é inaceitável para mim. Você será procurado assim que o caso estiver de uma vez por todas encerrado... E, como agora vocês todos já sabem, não levará muito tempo para que isso aconteça.
— *Está bem* — respondeu ele, deixando transparecer uma careta esquisita, como se estivesse sorrindo.
A conversa retumbava de maneira tão clara e torturante que, tinha certeza, ainda levaria muito tempo até esquecê-la. A menção a Tom e a sensação física que ela desencadeou, porém, seria impossível.
Como ele havia dito, mesmo? *"Suponho que tenha a ver com o fato de vocês serem da mesma região..."* havia sido a frase, a ordenação de palavras responsável por transformar sua vida, de uma hora para outra, no mais bizarro de todos os pesadelos.

Collet não entrou em detalhes sobre o ataque ao Louvre. Não mais do que a televisão já havia tratado, mas ela começava a cogitar, inclusive, se não poderia ter sido mesmo Tom a executá-lo instantes antes que chegasse em seu apartamento. E se o pedido para comprar água tivesse sido apenas uma desculpa para ganhar tempo?

Collet também mencionou que, não por acaso, os rasgos nos cartazes de propaganda do Louvre descreviam o caminho que ela fizera para encontrá-lo no bar. Que testemunhou toda sua ação, pois haviam ficado curiosos para saber se de fato ele representava uma boa dica para investigação.

A perspectiva, absurda e dolorosa o suficiente, tanto por envolver o homem por quem de fato tinha se apaixonado quanto por abalar sua confiança como investigadora, passou a ganhar contornos de um drama impossível.

Não chegou a questionar se a estavam seguindo de longe, teria feito papel de tola, mas então já tinha certeza que haviam estudado bastante seu perfil antes de contactá-la para o serviço. Ou pelo menos o suficiente para saber a respeito das suas origens.

Tudo poderia se encaixar, até fazer algum sentido, não fosse pelo fato de estar ao lado de Tom no mesmo instante em que a notícia foi divulgada na televisão.

Ainda que o Carroussel do Louvre não fosse longe de sua casa, no máximo cinco minutos a pé, jamais daria tempo de ir e voltar em condições de recebê-la em casa. *A menos que tivesse armado tudo antes mesmo da conversa que tiveram ao interfone*, pensou. Dirigiu-se ao Carroussel, provocou a situação, e voltou logo depois, a tempo de acompanhar tudo pela televisão? Então era isso? Fosse assim, o pedido da garrafa d'água havia sido apenas um pretexto para ganhar tempo e se arrumar, mas, não, aquilo não parecia razoável. *Nada disso pode ser real! Não pode ser!*

As chances beiram o absurdo, o tempo é apertado demais!, ouviu-se pensando alto mais uma vez

Então, assim como acontecera nas últimas horas, seu telefone voltou a tremer.

Verificou a tela do aparelho e sorriu. Um sorriso empapado de carinho, dor e lamento pela amargura do destino. Era chegado o momento de atender.

— Alô?... Amanda?

27

FIM DE TARDE. Um vento frio começava a soprar e a incomodar com maior insistência Marie, que acelerava o passo pelo bairro de St. Germain. Pensou em como Paris era uma cidade tão fantástica a ponto de jamais sugerir uma época do dia menos incrível. Ainda de manhã, as barracas das feiras sendo montadas, os padeiros já despertos para vender suas baguetes, os milhões de turistas que a revistavam ou ali chegavam pela primeira vez.

Durante o dia a cidade estava frenética, abarrotada de pessoas que não tinham tempo para contemplar seus prédios ou monumentos, mas também de outras tantas decididas a perpetuá-la, por meio de fotografias, pinturas, filmagens e toda a sorte de registros. De vivê-la intensamente.

Ao anoitecer, a Torre já acesa sacramentava de uma vez seu cartaz de destino mais romântico de todos. Marie pensou em tudo aquilo e lamentou a absoluta falta de ânimo para aproveitar a cidade.

Nunca poderia supor que uma sequência de acontecimentos tão malfadados teria vez. Após a conversa com Collet, voltara para casa, abrira o laptop e levara alguns minutos para pesquisar e confirmar o óbvio: Tom Walker era, na verdade, Tom Gale.

Mesmo antes de acessar a página da Escola de Belas-Artes, porém, ainda no café, ao lembrar-se de sua fisionomia, não foi difícil identificar os traços de quando era pequeno. O inconcebível era o fato de ambos terem mentido seus nomes. Se logo na apresentação tanto ele quanto ela tivessem dito a verdade sobre suas identidades, todos os acontecimentos seguintes teriam sido diferentes.

Tomando apenas seus próprios motivos como perspectiva, claro, o anonimato era para lá de justificável: tanto mudar o nome como cortar e mudar a cor do cabelo faziam parte da construção de um personagem, que, por sua vez, constituía um processo de trabalho determinado em casos anteriores.

Além do que, sua pele muito branca e os cabelos ruivos eram chamativos demais. Acreditava que um disfarce era necessário, ajudaria para não ser identificada de cara. Mas, e ele? Teria adotado o mesmo raciocínio? Maquinara um personagem para viver o agressor de museus e galerias?

Se para ela era doloroso lembrar-se dos últimos momentos que tiveram juntos, imaginar aquele mesmo homem possuído a ponto de esgueirar-se pelas ruas noite adentro, não apenas depredando galerias, mas também, ao que tudo indicava, arquitetando ataques a museus, ganhava contornos de tortura. Dor e surpresa que, precisava reconhecer, só faziam sentido graças ao envolvimento entre ambos. O próprio encontro no bar não tivera nada de fortuito.

Ela poderia ter ido em qualquer um dentre os milhares de bares e cafés disponíveis na cidade. Ou, então, sim, poderia ter entrado ali, mas escolhido o outro lado do balcão, bem distante de onde ele estivesse. A verdade é que não resistira à tentação de averiguar a dica sugerida por Collet, estabelecendo subitamente um conflito interno entre a curiosidade e o orgulho ferido de investigadora que não admitia ser ajudada.

Ao envolver-se amorosamente, porém, deu-se a grande ironia, tal incômodo ganhou contornos profissionais ainda mais graves, pois, sem perceber, passou a desmerecer toda sorte de indícios que pudessem incriminar Tom, ameaçando assim uma felicidade que jamais experimentara.

Seu lado emocional estava em frangalhos, e a capacidade de raciocinar com frieza, qualidade da qual sempre se vangloriara, já não era mais uma possibilidade. *E como poderia ser diferente?*, perguntou-se, como se dialogasse com o próprio desespero.

Acabara de encontrar um homem interessante, de personalidade contida, sobre o qual até então não sabia muito, mas inegavelmente carinhoso e que demonstrava nutrir um sentimento genuíno por ela.

Tudo acontecera rápido demais e em meio a uma investigação que exigia concentração absoluta. Quem estivesse maquinando tantas ações por toda a cidade não ficaria satisfeito com meros vandalismos e mensagens subliminares. Pressentia para qualquer momento algo maior, chocante, golpeando alvos que não pudessem ser ignorados.

Então as duas histórias, dificílimas de serem administradas, e na verdade capazes de já deixá-la preocupada a esse respeito, fundiram-se. Fosse uma mulher religiosa, talvez perdesse tempo olhando para cima e perguntando o porquê, questionando o que havia feito para merecer tamanha provação, tentando encontrar lógica onde, sabia bem, não havia nenhuma.

Quando retornou, nem sequer tirou a roupa da rua. Apenas largou a bolsa em cima da mesa, descalçou os sapatos pisando nos calcanhares, e deixou-se cair no sofá. Dali mesmo podia avistar a perna sul da Torre Eiffel, e a cidade já toda iluminada. Das duas uma, ou o escurecer mal foi percebido, ou prolongou ao máximo o momento de arrumar-se para ir ao encontro de Tom.

Aquele último telefonema parecera um tanto estranho, curto, como se ele também estivesse aéreo, quem sabe, sem tempo para falar. De todo modo ela felicitou-se, caso contrário ele perceberia seu estado de absoluta confusão. Ainda assim, dali a pouco estariam juntos e não haveria outra saída que não a de enfrentar a situação da melhor forma possível. Ao longo dos últimos dias ele bem que tentou entrar em contato inúmeras vezes, mas ela recusou-se a atendê-lo.

Não se sentia preparada para conversar como gostaria, porém já não havia saída. Àquela altura não teve dificuldade em descobrir sobre seu desligamento da Escola de Belas-Artes justo quando os ataques começaram a se intensificar. Não, não tinha saída.

No fundo, se não tivessem tido qualquer envolvimento, aquela teria sido uma ótima notícia, afinal estava mais próxima do que nunca de desvendar todo o caso.

Ainda na noite em que se conheceram, por exemplo, logo após se despedirem, Marie tratou de verificar os perfis dele nas redes sociais, mas não encontrou nada. Depois, considerando o fato de ser um professor e ao mesmo tempo sofrer com a ideia de ser o centro das atenções, tudo a fazia se lembrar do Tom Gale menino que conhecera ainda no colégio, tímido e sem muitos amigos.

Entretanto, a verdade é que o envolvimento já estava estabelecido, e, portanto, sim, precisaria afastar-se de Tom. De maneira discreta, deixando transparecer que não estava mais interessada, o que seria muito difícil, mas não havia outra saída. Caso contrário, não mantivesse uma distância mínima, reconhecia a chance provável de colocar tudo a perder, quem sabe de declarar-se para ele e acabar contando tudo.

O que estava em jogo, além do mais, era o seu futuro profissional. Temia pelo que poderia acontecer caso não conduzisse tudo de maneira sóbria, mas também, e ali surgia um pensamento que começava a tomar forma devagar, pelo que poderia acontecer a Tom. Seria capaz de colocá-lo atrás das grades? De denunciá-lo? Não pensava apenas no homem que de maneira despretensiosa conseguiu arrebatá-la, mas também no menino que olhava com ternura quando o mundo era muito menos perigoso e complicado. Enfim, pensaria no que fazer depois, mas o caso precisaria terminar de maneira profissional.

Olhou para o relógio, já passavam das oito da noite, precisava se arrumar, e concentrar-se o suficiente para incorporar uma postura distante e infeliz, quase antipática, o suficiente para esfriar o sentimento já óbvio que a unia a Tom Gale.

Combinaram de se encontrar próximo dali, no L'Avant, em pleno Carrefour do Odeon, para algumas taças de vinho e petiscos antes de jantar ao lado, no Le Comptoir. Como o pequeno bar estava lotado, porém, logo ao chegar decidiu pedir uma taça de vinho e esperar por ele na calçada. Fixou o olhar no início da rua, calculando que ele viesse pela estação de metrô Odeon, mas foi surpreendida.

— Olá!
— Oi... Oi! — respondeu ela, virando-se para trás.
— Que foi? Esperava outra pessoa?
— Não, apenas achei que você viesse por ali... Tudo bem?

"Oi" e "tudo bem?", pronunciados de maneira impessoal, anunciavam um clima tão estranho que ambos mal conseguiam disfarçar o desconforto.

Ela vestia calça e casacos pretos, blusa cinza e usava arco; enquanto ele usava um casaco bege por cima da camisa vermelha, jeans claro e tênis branco.

— Tudo... Quer dizer, não dormi bem nesses dias... Mas tudo bem, tudo ótimo — disse um Tom desconcertado.
— Não dormiu, foi? Preocupações? Planos que não deixam você sossegar? — retrucou ela, se arrependendo em seguida pelo questionamento um tanto açodado.

— Eu... Não entendi...
— Quero dizer... É algo grave? — *O pior é que ele parece não ter entendido mesmo,* pensou Marie.
— Não, nada grave... Conhece o L'Avant?
— É a minha primeira vez, mas fiz umas pesquisas e vi que falam maravilhas...
— Eu sou suspeito, acho incrível... Tinto ou branco?
— Tinto... Tinto está bom...
— Ótimo, já volto!

Marie usou o tempo que Tom levou para buscar as taças da única forma que lhe parecia razoável àquela altura: desesperar-se em dúvidas.

Afinal, o que estava fazendo? Tomaria mesmo vinho com ele? Onde fora parar toda aquela determinação em assumir uma postura dura, fria, antipática o suficiente para sair dali e manter distância do seu investigado? E, por falar em vinho, que sentido havia em uma aproximação simpática, os risos e a animação dele? Será que esperava dela um comportamento também caloroso?

Deixara seu apartamento decidida, mas a grande verdade, já estava claro, era que não seria capaz de encenar mais do que o necessário. Interpretar a Amanda Black, continuar fingindo que ele era Tom Walker, tudo bem, era uma situação sobre a qual não tinha controle tampouco opção de reorganizar, mas não seria capaz de agir com grosseria. Ou indiferença.

Talvez reforçar ainda mais o desânimo fosse razoável. Se pensasse na situação em que eles se viam envolvidos, seria até fácil de demonstrar.

— Voltei — disse ele, pegando-a de surpresa mais uma vez, lascando-lhe um beijo longo e carinhoso, ainda que de lábios fechados.

Merda!, pensou Marie.

— O que foi? — perguntou ele, com impaciência na voz.

— Nada... Nada... Por quê? — ela empertigou-se de pronto, alerta.

— Não sei, mas de alguma forma não estou sentindo você como das outras vezes. Para falar a verdade, desde quando saiu da minha casa pela última vez... E no último telefonema.

— Ah...

— Ah, o quê?

— Olha, a verdade é que eu... — *Nem pense em recuar! Você precisa fazer isso! Você precisa manter distância, para o bem da sua carreira... E até mesmo para o bem de vocês dois!*

— Então?

— Eu... Bem, de fato, os últimos dias não foram dos mais tranquilos para mim...

— Aconteceu alguma coisa? Digo... Quer me contar?

O bar, apinhado, parecia deserto de tanto que Marie concentrou-se nas palavras seguintes. Respirou fundo e então continuou.

— Não sei se devo, sei que não parece, mas a gente não se conhece tão bem assim, não é? — Ao dizer tais palavras e olhar nos olhos dele, Marie engoliu em seco. Percebeu o carinho desaparecendo de seu rosto, uma mistura de incerteza e decepção. Sua vontade era de abraçá-lo e beijá-lo, mas ao mesmo tempo sabia ter dado um passo importante, estava fazendo a coisa certa ao afastá-lo.

— Ah... É, sim, você tem razão, claro que sim, eu apenas fiquei preocupado e...

— Mas não precisa, de verdade, são apenas problemas particulares, coisas de família...

— Ah, é isso? Tudo bem, eu entendo e respeito sua posição, queria apenas que soubesse... Se precisar de mim, quiser se abrir...

— Não, acho que não precisarei, só preciso de um pouco de tempo, para ver as coisas com calma...

— Claro, claro, tudo bem, eu entendo.

Sua dor era insuportável. Sentiu pena por ele. Mais ainda do que por si mesma ou por ambos.

Estabeleceu-se, então, um momento de profundo mal-estar. Tom ficou constrangido, sem saber o que dizer, ainda que estivesse louco de vontade de perguntar mais, de saber o que de fato estava acontecendo.

Afinal, desde o primeiro encontro a conexão fora imediata. Tinha certeza absoluta sobre aquele ponto, não poderia estar enganado. Há poucos dias tiveram um jantar incrível, que foi coroado por uma noite de sexo, intimidades e carinhos típicos de quem ainda continuará a se ver por muito tempo, não prestes a ter um momento tão gélido. Já não sabia mais o que dizer.

Marie, por sua vez, usou de toda a perseverança que ainda conseguia congregar para manter firme a imagem de alguém que não estava no melhor dos dias. E, mais ainda, em estabelecer entre eles um espaço, em deixar claro que não pretendia dividir problemas pessoais. Confiança? Não, mesmo. Sexo era uma coisa, jantar fora, beber alguma coisa, mas nada além. Assim, criava não só uma distância, mas também construía, em torno da própria imagem, a aura de alguém trivial, frio. Por um lado, sofria como poucas vezes sofrera antes, por outro, garantia segurança para seus projetos pessoais e até mesmo, gostaria de acreditar, para um futuro com o próprio Tom. Ainda que tal opção parecesse ridícula.

Coube a ele dar o passo seguinte.

— Bem, vamos direto para o jantar?

— Vamos... Pensei que você quisesse me mostrar...

— Quem sabe a gente volta outro dia, não é? Hoje está muito cheio...

— Está certo, tudo bem... — *ele ficou sentido... que coisa boa... que inferno... assim eu vou enlouquecer!*

O jantar não poderia ter sido pior. As tentativas de conversa foram infrutíferas, ambos não conseguiam driblar a óbvia barreira criada por ela, e a grande verdade é que, lá pelas tantas, Tom fez questão de retribuir a frieza. Marie entendeu, aceitou, ainda que a dor e a incredulidade pelo enorme azar que tivera continuassem martelando em sua cabeça.

Não pediram sobremesa, não trocaram beijos ou risadas, passar a noite juntos nem sequer foi cogitado por qualquer um dos dois, e a despedida, que não teve nem mesmo beijos na bochecha, fez com que ela tivesse certeza de que não saberia dele por um bom tempo. Ao menos não pelas vias normais.

Quando chegou em casa, ainda aturdido, foi até a geladeira, pegou gelo, caprichou na dose de uísque, e então começou a pensar sobre o que faria em seguida.

Quem sabe, talvez ela não estivesse envolvida como ele imaginou. Se assim fosse, certamente ficaria triste, entretanto também poderia comemorar: o momento não era mesmo propício para se envolver. Como poderia continuar com suas incursões noturnas sem chamar a atenção? Teve até mesmo de mentir o próprio nome e não gostou de fazê-lo.

Tomou um enorme gole, respirou fundo, e começou a pensar.

Estava na hora de concretizar algo grande.

(uma semana depois)

28

OLHANDO-SE NO ESPELHO, percebendo a barba desgrenhada, de um tamanho que jamais havia se permitido, Tom quase caiu no choro. As olheiras estavam profundas, e suas pálpebras inferiores pareciam pequenas bolsas injetadas. Seus cabelos, gordurosos, brilhavam, e não se alimentava como deveria há algum tempo.

Qual era o seu problema, afinal? Teria uma única mulher tanta importância assim a ponto de deixá-lo em um estado tão deplorável? Justo ele, alguém tão preocupado com o próprio asseio, adepto de banhos demorados e em deitar-se para dormir com propriedade, de modo a construir rituais quase coreografados para cada situação?

E no entanto a resposta era que, sim, de fato, para ele, uma única mulher tinha importância àquele ponto. Desde a primeira vez que estivera com ela sua vida se transformou em um completo pesadelo.

Embora já fosse um homem feito, a grande verdade é que teve pouquíssimos relacionamentos que pudessem merecer o título de sérios. Sentia-se um adolescente desvendando as agruras do coração. Orgulhava-se de não tê-la procurado, mas ao mesmo tempo torturava-se por não tê-lo feito. E se ela estivesse esperando por um telefonema seu? Delirava. Sabia que a possibilidade não existia. Ela havia sido muito clara e, além de clara, fria e distante. Uma falta de sensibilidade que ele não esperava e que com certeza não perdoaria.

Ainda assim passou a sofrer bastante. Evitava dormir na própria cama para não se lembrar das noites que tiveram. Dormia no sofá. Os banhos deixaram de ser diários, e as refeições nunca foram tão desregradas, tanto no quesito horário quanto a respeito do que comia. Apenas não ligava mais para nada. Seria aquilo o amor?

Claro, para não dizer que de fato nada mais importava, estava concentrado como nunca antes no próximo ataque. Achava, inclusive, que sua frustração funcionava como combustível para a atuação em curso. Estudou com calma o plano seguinte, desde sua chegada ao lugar até mesmo o tempo que duraria para atingir seu objetivo, e o momento havia chegado.

Despiu-se, entrou no chuveiro, ligou a água quente e simplesmente ficou ali, inerte, permitindo que escorresse, primeiro por seu couro cabeludo, depois encontrando a capa de sebo que apenas deixaria o seu corpo com o bom uso de sabão e escova, mas não teve pressa.

Sem sombra de dúvida, estava para conduzir sua ação mais arriscada até ali e, como em todas as ocasiões anteriores, contava com alguma dose de improviso para convencer Paris de que não estava brincando.

Duas horas depois deixou seu apartamento, de tênis, calça jeans rasgada, uma camisa de flanela azul e um casaco cinza com capuz. Andou devagar, sem pressa alguma, atravessando o Jardim das Tulherias como se mais ninguém estivesse por ali. Ignorou os senhores jogando as partidas de petanca que tanto gostava de observar, as crianças empurrando barquinhos nos chafarizes, quem estava fazendo exercícios físicos, bem como tantos outros apenas usando as cadeiras e os bancos para descansar, namorar ou ler um bom livro. Ao ignorar a multidão, sofreu. Sentiu-se um estranho, alguém gasto, sem ideia ou vontade de viver. Quem sabe talvez estivesse para cumprir a sua última incursão, a derradeira aventura. Sabia que as chances eram enormes.

Enquanto passava por um dos museus mais espetaculares da Europa como se nada estivesse acontecendo, olhava para o cenário em volta com desprezo, quase repulsa pelas pessoas e suas maneiras de viver. Pensou em acelerar o passo, mas achou melhor não criar dentro de si qualquer sensação de urgência.

Percorreu em ritmo acelerado a rua Solferino até a rua de l'Université, então virou à esquerda e desceu a Bourgogne, quando avistou o Museu Rodin. Foi impossível conter a excitação.

Considerava a entrada do Museu Rodin, toda envidraçada, das mais bonitas em Paris. Trazia um tom de modernidade que contrastava com seu interior, a sede, o conhecido Hotel Biron, e o jardim repleto de obras do gênio. Estivera ali uma dezena de vezes, e em todas ficara encantado com a atmosfera criada e, claro, com as obras. Porém não daquela vez.

Pagou por seu ingresso, passou pelo detector de metais e então seguiu direto para o interior da sede. A estrutura do antigo hotel, uma mansão de quase três séculos, só não impressionava mais do que as maravilhas em seu interior. Passeou, reviu algumas esculturas, porém o tamanho diminuto do lugar, se comparado com as enormes alas do Louvre, fez com que se sentisse ainda mais incomodado com as pessoas a sua volta. E então decidiu sair.

Uma vez no jardim, entendeu que não poderia ter feito melhor escolha. Eram tantas e tão formidáveis as esculturas ali, tão aberto e agradável o ambiente, que pela primeira vez em dias sentiu tomar conta de si certo relaxamento, a tranquilidade que sempre tivera quando se dispunha a contemplar obras de arte.

Caminhou pelo centro do jardim até o final, passando por *Orfeo*, *A Sombra* e o *Monumento a Victor Hugo*. Queria, e no fundo precisava, relaxar. Ao passar pelo pequeno lago e encontrar o espaço retangular preservado, protegido por árvores e uma parede de arbustos esculpida, nem sequer precisou deitar-se no chão. Duas espreguiçadeiras vazias o aguardavam. Pegou uma delas, levou para o canto mais afastado, deitou-se ali e, com toda a simplicidade possível, fechou os olhos.

Não fosse pela roupa esportiva, o gorro e os óculos escuros, Tom haveria reconhecido Marie, de tão perto que passou por ela, quase esbarrando na moça ao entrar no jardim. Ela, por outro lado, demorou a acreditar no que seus olhos registravam.

Passara a semana inteira dividida entre a ideia de ligar para ele pedindo desculpas e chamá-lo para sair, quem sabe contando toda a verdade, e a de apenas fazer plantão na frente da sua casa, aguardando seus próximos passos. A última opção acabou prevalecendo, mesmo porque fazia todo sentido. Sabendo quem de fato ele era, não precisava mais procurar pela cidade ou investigar possíveis novos atentados. Durante sua vigília, até torceu para que algum ataque acontecesse. Voltaria à estaca zero, mas significaria que ele era inocente e então poderia se entregar sem medo, até mesmo ser sincera.

Mas, não, acontecera o oposto. Durante toda a semana, enquanto ele não deixara o apartamento, nada de anormal acontecera, fosse em galerias, museus ou casa de colecionadores. Chegou até mesmo a pensar que ele poderia ter deixado o prédio por outra porta, mas averiguou que a saída pela Rivoli era a única possível.

Pudesse voltar no tempo e então jamais teria aceitado aquele caso. A cada momento tudo ficava mais confuso e sofrido. Sem falar na possibilidade, quase segura, de que no mesmo instante algum emissário de Collet estivesse observando seus passos.

Tais divagações quase a fizeram perder Tom de vista, e, enquanto simulava alongamentos típicos de quem se preparava para correr pelo jardim, ele já se encontrava na altura da Passarela Solferino. Precisou acelerar o passo, o objetivo era, se possível, antecipar seus movimentos.

Então ele parou de repente, olhou em volta, como quem tomava uma decisão, e seguiu em direção à passarela. Marie entendeu tudo: *Meu Deus, ele vai atacar o d'Orsay!*, exclamou para si mesma, em absoluto pânico.

Mas não, logo percebeu o próprio engano quando ele passou pelo museu e seguiu pela rua que emprestava o nome à passarela. Àquela altura precisou distanciar-se mais, não gozava da vastidão do jardim para o disfarce da esportista.

Quando percebeu que ele virou à esquerda e, já na esquina, passou da praça Herriot, não existiam mais surpresas disponíveis. Só havia um museu seguindo naquela direção, e ainda por cima era ideal para quem buscava espaço e menos vigilância.

Antes mesmo de aproximar-se da esquina com a Varenne, onde ficava a entrada do Museu Rodin, pôde avistá-lo desaparecendo entre os visitantes, e então, quando chegou à porta, sentiu-se perdida.

O plano era entrar no Museu para verificar o que Tom estaria fazendo, mas no último momento entendeu que não seria uma boa ideia. Primeiro, pelos seus trajes, por mais que o lugar estivesse lotado de turistas e que não existissem regras que proibissem roupas esportivas, com certeza chamaria atenção, e tudo o que não gostaria era de ser avistada por Tom Gale ali. Além do mais, conhecia o museu, e, afora o jardim, não havia muitos lugares para ir.

Por outro lado, como poderia se dar ao luxo de não entrar? Até mesmo cogitar a hipótese de não flagrar seu investigado beirava o ridículo.

No fundo, mais uma vez estava se deixando levar pela emoção, pelo conflito de ter de perseguir alguém por quem, já era inútil negar para si mesma, estava apaixonada. Prova cabal, além de tantas anteriores, foi sua indecisão sobre ligar ou não para Collet. Estava tão fora de si que nem sequer se deu conta de onde estava.

— Senhora? Quantos ingressos?

— Oi?

— Quantos ingressos a senhora vai querer? Está sozinha?

— Eu, eu... Na verdade ainda não decidi se vou entrar, eu...

— Então peço que fique ao lado, para que as outras pessoas na fila possam comprar seus ingressos...

— Ah, mas é claro, eu peço desculpas... — chegou a dizer, relutando por alguns instantes, quando então adquiriu o seu bilhete.

29

Já passava da meia-noite, o museu fechara há mais de três horas e o único ruído distinguível, a partir dali, consistia nos carros passando no Boulevard dos Inválidos, do outro lado do muro. Tom conseguiu. De uma maneira meio torta, quase sem querer, mas conseguiu.

Chegou a despertar quando percebeu o vigia se aproximando e então se posicionou atrás de um grande arbusto que fazia as vezes de muro natural. Teve quase certeza de que havia sido descoberto, mas não, o sujeito certificou-se de que o ambiente estava vazio e seguiu sua ronda.

A boa notícia é que o museu estava deserto. A ruim era que ainda não fazia ideia do seu próprio plano.

Vazio é exagero, chegou a admitir, *há de ter outros vigias noturnos além deste, pelo menos próximos à sede*. Mas tudo bem, o importante era ter conseguido realizar o mais difícil até o momento. Tempo não lhe faltaria, fosse para decidir o ataque em si, fosse para deixar as dependências do museu sem ser percebido.

Olhou para o relógio e, sabendo que o horário de abertura para visitas começava às dez da manhã, foi ainda mais preciso. *Dez horas!*, exultou.

A poucos metros dali, Jean Pierre Montreaux considerava-se um homem de sorte. Era casado, tinha duas belas filhas e decidira que seu último dia como vigia do Museu Rodin havia chegado. Estava cansado, planejava deixar Paris e mudar-se com a família para Nice, onde trabalharia em um pequeno restaurante de frutos do mar de propriedade de um grande amigo. Quem sabe, se tudo desse certo, não compraria uma parte do negócio?

A noite prometia ser tranquila, sem muitos percalços, como aliás era comum desde que assumiu o posto de chefe da segurança do museu, há mais de uma década.

Assistia a um programa esportivo em sua pequena televisão portátil quando, de seu ponto, avistou um assustado Michel Delacroix vindo em sua direção. O sujeito estava de fato pálido, parecia ter visto uma assombração.

— Senhor Montreaux, eu acho melhor dar uma olhada lá atrás.

— Como é que é?

— Eu acho melhor o senhor dar uma olhada lá atrás.

— Eu entendi da primeira vez, acha que sou surdo? Quero saber do que você está falando!

— Eu acho... Digo, lá atrás, depois do lago, à esquerda, abaixado, atrás dos arbustos mais grossos...

— Sei, o que tem?

— Eu vi alguém.

— Você... O quê?!?

— Eu, eu... Eu acho que eu vi alguém, senhor.

— Você acha?

— Eu vi alguém!

— E não fez nada?

— Não! Quero dizer, eu avistei o sujeito e fingi que não percebi nada de anormal... Então vim falar com você... Digo, com o senhor!

Acontecia que Delacroix, ao contrário de Montreaux, era um vigia novato. Bom rapaz, mas ainda inseguro, e além do mais aquela não era a primeira vez que levava até ele uma suspeita de invasão. Na certa haveria de ser algum bicho, entretanto ele não poderia, no papel de seu chefe direto, ignorar o aviso. Logo pegou o rádio e chamou Fréderic Beringer, o guarda designado para a entrada principal, o posto da rua Varanne.

— Beringer? Beringer, você está aí? Atenda, por favor!

— Beringer falando!

— Me faça um favor, venha até aqui, assuma meu posto que preciso ir até o lago averiguar uma situação com o Delacroix...

— Sim, senhor, já estou indo!

— Agora você me ouça — disse ele para Delacroix, irritado e em tom ameaçador — irei lá com você, quero que me mostre o que viu, e onde viu.

— Sim, senhor, entendido, senho...

— Porém — cortou o chefe da segurança, para então continuar e ao mesmo tempo deixar clara sua insatisfação ao ser interrompido — ... Se não encontrarmos qualquer evidência, voltamos em silêncio. Você me entendeu? Não haverá relatório sobre isto aqui, a menos que encontremos algo suspeito, fui claro?

— Sim, sim, senhor, muito claro.

— Você parece ser um bom rapaz, Delacroix, talvez um pouco afoito, mas com o tempo vai pegar o jeito da coisa.

— Mas senhor, eu vi...

— Olha aí o Fréderic... Já voltamos, sim? — acenou Montreaux para Beringer, em seguida voltando-se para o aturdido novato. — Vamos lá, vamos lá, rapaz, deixe para lá o que você viu, já entendi, vamos lá que o melhor a fazer, nessas horas, é tirar a prova.

Fizeram o caminho em silêncio, bem devagar, e quando chegaram à altura do lago, ambos sacaram suas armas. Entretanto era Montreaux quem liderava a ação e ele sinalizou com discrição para que Delacroix não fizesse nada sem seu aval.

Quando adentraram o pequeno espaço, um círculo que encerrava o jardim usado para descanso e leitura, logo viram as duas espreguiçadeiras vazias, e então Delacroix fez questão de apontar, indicando onde avistara os tais movimentos suspeitos. Montreaux assentiu, andou mais alguns metros e de repente botou a mão em cima de sua lanterna. De modo acintoso, para que o novato percebesse e fizesse o mesmo. Ambos iluminaram o ambiente como se não existisse dúvida do que encontrariam.

— Nada — disse Montreaux de maneira lacônica, ao mesmo tempo lançando um olhar severo para Delacroix.

— Mas, senhor, eu juro por tudo o que é mais sagrado, um vulto estava abaixado aqui! Certeza absoluta!

Ali Delacroix sentiu algo além da vergonha. Encontrou os olhos de seu chefe, e estavam tão frios e duros que chegou mesmo a experimentar o medo. Seria demitido?

— Meu querido…Vamos voltar?

— Mas, senhor, eu prometo que…

— Faremos o seguinte, eu mesmo assumirei a ronda durante a madrugada, você ficará na cabine principal, que tal?

— Na cabine principal? Eu? O senhor tem certeza? Mas…

— Tenho, sim, ora essa. Você me surpreendeu com essa vontade toda de fazer o seu trabalho direito. Quem sabe, talvez dê um belo chefe de vigilância quando eu me aposentar…

— Eu nem sei o que dizer…

— Não diga nada, meu querido, não diga nada.

Duas da madrugada, a respiração de Tom era tão intensa que não entendia como os vigias não a escutavam, mesmo do outro lado do jardim. Com sorte, ainda teria muitas emoções na vida, porém nada próximo do que experimentava ali.

Por um momento, não teve dúvidas quando avistou os dois caminhando em sua direção: seria descoberto. Então observou uma chance, esgueirar-se para a direita e posicionar-se atrás das árvores que cercavam o monumento a Victor Hugo. De lá ouviu com clareza o diálogo entre a dupla de vigias. O de menor estatura insistia no argumento, enquanto o outro apenas minimizava suas palavras e determinou que voltassem para seus postos. As perguntas cujas respostas poderiam significar sua salvação a partir de então resumiram-se a apenas uma: de quanto em quanto tempo demorariam a fazer outra ronda por ali?

Se o momento pedia cautela extrema, na verdade silêncio absoluto, por outro lado tinha uma grande vantagem: dali conseguia ver todas as movimentações dos vigias. Ainda assim, pensou que talvez fosse melhor esperar outra ronda, para só então agir. Ou, quem sabe, não fazer nada. Esperar amanhecer, misturar-se com os primeiros visitantes e voltar para casa. Abortar a missão.

O simples pensamento deixou-o com raiva de si mesmo. Recuar seria admitir o fracasso, e aquela não era uma opção. Não após o último encontro com Amanda. Enlouqueceria se, em vez de cultivar uma vitória, fosse obrigado a engolir mais um golpe duro.

Então, reparando com atenção a movimentação perto do posto de vigilância, correu. Esgueirou-se pelas árvores e, em seguida, na ordem, por Jean d'Aire, Jacques de Wissant, Andrieu d'Andres e Eustache de Saint Pierre. O coração batia descompassado, mas a visão melhorara muito, ao passo que começava a vislumbrar o ataque.

Logo adiante, não mais de dez metros, estava aquela que ele considerava a obra mais fantástica de Rodin, muito acima do famoso *Pensador*, *O Beijo* ou *As Três Sombras*: *A Porta do Inferno*, um retrato assombroso da *Divina Comédia*, posicionava-se em um ponto aberto do Jardim, ainda que grandes arbustos, cortados em formato de gota, estivessem por perto e pudessem servir como escudo.

Mais uma vez olhou em volta, não viu ninguém, e então correu. Uma corrida estranha, pois era difícil imprimir velocidade quando os pés não podiam pisar o chão com força, mas correu até escorar-se no arbusto e ficar a menos de dois metros da obra.

Permaneceu ali, abaixado, por outro par de horas, suando, sufocado em tensão, consciente de que poderia ser descoberto a qualquer momento, mas ao mesmo tempo confiante e determinado a levar adiante seu plano.

30

— Mamãe?
— O que foi meu filho?
— Esta mão aqui... Não é engraçada?
— Engraçada por quê?
— Está diferente...
— É assim mesmo, o metal foi derretido...
— Eu sei, mas, olha, esse dedo aqui...
— ... MEU DEUS!

Na manhã do dia seguinte, logo cedo, toda Paris já sabia o que havia acontecido no Museu Rodin. Paris e o mundo, uma vez que logo a notícia também começou a se espalhar pela internet: a *Porta do Inferno*, obra do mestre Auguste Rodin, localizada no jardim do museu em sua homenagem, havia sido danificada durante a madrugada.

Especificando ainda mais a ação, contavam jornais, sites e a televisão, no canto direito inferior da obra, uma das 180 figuras esculpidas teve um dedo e parte da mão pintada de branco. Existia a suspeita de que uma pedra, encontrada a poucos metros, havia sido utilizada, inclusive, para a tentativa de arrancar um pedaço da escultura, mas tal informação ainda não podia ser confirmada.

E havia mais surpresas no interior do museu: logo após ter sido esvaziado, nos fundos do jardim, foi encontrado o corpo do jovem Michel Delacroix, de 26 anos, com poucos meses na equipe de vigilância do museu. Informações também ainda imprecisas davam conta de que ele morreu por asfixia mecânica. A cidade inteira só falava do caso enquanto a polícia o investigava e contava com as gravações das imagens das câmeras internas para elucidá-lo.

Aquelas eram as primeiras notícias, e Marie não sabia mais o que pensar.

Entrara no museu e seguira Tom de longe, mas a grande verdade é que seu trabalho não durara muito ali dentro. Observara-o a distância enquanto ele se afastava da sede do museu em direção ao fim do jardim. Por duas vezes foi até ali, com todo o cuidado para não ser flagrada, mas intrigada com suas ações. E em ambas ele permanecia deitado na espreguiçadeira, dormindo. Ou pelo menos assim parecia de longe.

Então, lá pelas tantas, chegou à conclusão de que não haveria ataque algum, que a razão para ele ter ido até ali tinha apenas a ver com descansar e rever o espaço. Quem sabe talvez tivesse até mesmo desistido daquela loucura toda. Ou, melhor ainda, Collet estava enganado e ele não era o psicopata que perseguiam.

Enfim, após elucubrar todas as opções possíveis, constatar que a segurança do lugar logo fecharia e, acima de tudo, que Tom se encontrava em sono profundo, deixou o museu.

O pânico se deu quando, após o fechamento, teve a certeza absoluta de que ele ficara lá dentro.

Mais uma vez revisou as possibilidades, certificou-se de cobrir cada uma delas e até deu a volta em todo o complexo. Mesmo sabendo que seria impossível deixar o espaço pulando o muro ou algo do tipo, uma vez que os alarmes disparariam no ato.

Seu consolo, se é que valia de alguma coisa, é que ele logo seria descoberto pelos seguranças.

Pois o tempo passou, a madrugada caiu, e nada, nenhuma novidade, nem mesmo o menor ruído estranho vinha de dentro do prédio. Tampouco o soar de um alarme.

Em desespero total, perambulando pelas esquinas em torno do museu, tinha sobressaltos a cada sirene que ouvia de longe. Como se, além da polícia, a todo momento também ambulâncias não desatassem a alarmar cidade afora. De todo modo era inevitável imaginar a cena: ela, do lado de fora do museu, testemunhando ele sair do prédio algemado. Antes de entrar no carro ele a enxergaria, sem fazer a menor ideia do que ela poderia estar fazendo ali.

Depois, porém, ela faria questão de visitá-lo na cadeia e contaria tudo, toda a verdade, sobre a investigação e de como, ainda na escola, olhava para ele com carinho.

Mas nenhuma sirene se fez ouvir. Tampouco o carro de polícia chegou.

Quando o dia raiou e a situação permaneceu a mesma, começou a duvidar de si mesma. Ele não poderia estar lá dentro. Quer dizer, estava, mas não poderia estar.

E, então, exausta e antes de enlouquecer, decidiu colocar um fim em tudo. Afastou-se devagar do museu e da rua mesmo telefonou para Collet. Aceitou a derrota e avisou que estava deixando a investigação.

Chocado, ele questionou seus motivos e pediu pelo menos um encontro. Ela relutou, mas pensou bem e achou que seria indelicado negar tal pedido. Sabia que seu intuito era dissuadi-la e sabia que seria impossível, mas, que diabos, não lhe custava nada um pouco de cordialidade após ter fracassado em sua missão. No caminho, via celular, soube das últimas notícias. Tom, um assassino? Estava arrasada.

O encontro aconteceria no quarto de um discreto hotel no Quartier Latin onde ele estava hospedado. A princípio não viu problema, mesmo sendo pouco ortodoxo.

— Oi, tudo bem? Pode entrar, conte-me, o que está acontecendo? — disse ele, logo ao abrir a porta. Parecia ansioso. É compreensível, chegou a pensar Marie, antes de começar.

— E se eu disser a você que não faço a mínima ideia? De todo modo, acho que, na prática, fracassei. Não consegui mais pegar o fio da meada. Ele me venceu e... Bem, acho melhor que seja assim, falando de maneira franca... Além do que, agora que vocês já estão sabendo de quem se trata, não terão dificuldade em pegá-lo.

— Entendo... Mas, por que não você? Se tudo está tão fácil, qual é o problema?

— Eu não acho que...

— Você se envolveu com ele? Foi isso?

— Como?

— Estou perguntando se você está apaixonada por ele, Marie.

— Me desculpe, mas não acho delicada esta pergunta e...

Naquele exato momento ouviu-se uma batida dupla na porta. De fato, a pergunta havia sido indelicada, o "Marie" com uma carga injustificável de intimidade também não a agradou, mas só ali, com Collet levantando-se sem nem ao menos pedir licença, seu instinto soou o alarme. Algo tinha de estar errado. Muito errado.

— Olá, como está a nossa menina?

Antes mesmo de girar na cadeira, semblante estupefato como em poucas vezes na sua vida, reconhecera a voz.

— Tudo bem, minha menina? Estava com saudades? — perguntou de maneira jovial William Kemper.

Se não estivesse sentada, Marie teria levado um tombo. Mas o que estava acontecendo? O que Kemper estava fazendo ali? Aliás, que intimidade com Collet era aquela? Como se conheciam? As perguntas se multiplicavam e com elas as dúvidas órfãs de respostas.

— Nem uma palavra? Mas é assim que recebemos um amigo de longa data, após tanto tempo sem nos ver?

— Eu... Eu... Por que você está aqui... Por favor, o que está acontecendo? — perguntou ela, sentindo crescer dentro de si uma real sensação de medo.

Então vieram as risadas. Collet e Kemper, cada um em uma poltrona à sua frente, olhavam para ela com as mais sinceras expressões de divertimento.

Marie teve certeza de que algo terrível estava por acontecer e em sua cabeça tentava processar a situação o mais rápido possível, estabelecer conexões que só ali tomava conhecimento... Mas como? Estava tão surpresa que não conseguia pensar com um mínimo de racionalidade.

— Querida, você é muito talentosa, percebi desde o início e fiz questão de dizer pessoalmente, mas falta maldade. Sem maldade, minha ruiva, não se chega a lugar nenhum... Aliás, por falar nisso, gostei do novo visual, viu?

— O QUE ESTÁ ACONTECENDO? POSSO SABER? — explodiu ela, para divertimento ainda mais estridente dos que, estava claro, por alguma razão ainda desconhecida organizaram-se para serem seus algozes.

Logo Kemper fez um gesto para que Collet ligasse a televisão em um volume alto.

E então veio o choque.

— Apenas o pagamento de uma dívida, Marie. Apenas isto. E trate de baixar o tom, pois você está apenas começando a pagá-la.

— Dívida? Mas que dívida? Do que está falando?

Collet e Kemper entreolharam-se ali, decididos a saborear o momento da forma mais prolongada possível... Até que o segundo deles falou.

— Do quadro, Marie... Oslo, está lembrada? Estou falando da fortuna que você nos fez perder.

31

Era pelo seu nome completo, Joan Marie Baker, que era chamada durante o período escolar. Não passava de uma menina comum, tímida e sem muitas pretensões. Melhor dizendo, havia uma única pretensão: não passar o resto da vida em Salisbury.

Pois ali, naquele exato momento, pudesse escolher, voltaria de bom grado à sua acanhada e em memória entediante cidade. Uma vez lá, usaria nome e cabelos verdadeiros. Além do que viveria bem longe de pessoas como William Kemper e Louis Pierre Collet.

Claro, tal pensamento se devia ao aperto em que se encontrava. No fundo, sabia bem, jamais optaria por uma existência diferente. Afinal, graças àquele caminho tornara-se uma mulher forte, capaz de assumir desafios e, por que não dizer, uma mulher mais interessante.

Não mudara sua essência, o ponto era outro. Sua personalidade seria a mesma ainda que desempenhasse a profissão mais ordinária possível, porém a autoconfiança, esta sim, dificilmente ganharia tanta eloquência caso não fosse estimulada por situações e até perigos comuns nas metrópoles.

— Você está ouvindo bem?

Estava, mas de tão atordoada com o primeiro tapa desferido por Kemper mal conseguia discernir o contexto a sua volta. Até mesmo urinara um pouco, tamanho era o terror.

Fora amarrada em uma cadeira e o tom de ameaça era crescente, porém algo lhe dizia que não pretendiam matá-la ou tentar qualquer tipo de abuso mais grave. Poderiam fazer o que bem entendessem e no entanto escolheram humilhá-la da forma mais sórdida possível. Começando por detalhar como foi seguida e monitorada desde a visita surpresa de Kemper durante a madrugada e ainda as tantas vezes que riram de seu jeito arrogante, quando no fundo não passava de um fantoche.

Todos os tapas seguintes foram dados de mão espalmada, com o intuito de humilhá-la, mas eram fortes o bastante para machucar. Estava tão confusa, suada, com o rosto ardendo e cheirando a urina que de fato começava a sentir sua capacidade de raciocinar ir embora. Desmaiaria? Talvez fosse uma boa saída.

Podia sentir suas pernas úmidas e as assaduras começando a se formar quando Collet derramou um copo de água gelada na sua cabeça... E então bateram à porta.

Batidas que serviram como um despertador mais eficaz do que os tapas no rosto.

— Ora, ora, mas que coisa boa! Até que enfim! Olha só que visita ilustre temos aqui, Amanda... Ou deveria dizer Joan Marie Baker?

— NÃO!!!

Seu grito fora tão violento que por um momento conseguiu congelar o aposento. Ela mesmo não esperava, e talvez Tom tivesse ficado surpreso se antes não escutasse a fala de Kemper. Não conhecera muitas Joan Marie Baker em sua vida.

— Vamos lá, com calma e sem escândalos, viu, mocinha? — disse Collet, aproveitando para beliscar sua bochecha com força.

Marie percebeu que uma pessoa estava sendo posicionada ao seu lado direito e nunca sentiu tanto medo em sua vida como ali, antes de virar o rosto. E ao fazê-lo contorceu-se em tristeza. Um aperto no coração que logo se transformou em um choro baixo, porém profundo.

Tom estava com o rosto desfigurado por hematomas, mas ela identificou o brilho no seu olhar. Um brilho de incredulidade. E então ele balbuciou a única pergunta possível.

— Marie... É você? — disse, para que todos conseguissem ouvir.

Inclusive Kemper.

— Ora, ora, caro Tom, convenhamos, assim não é possível! Que cara de surpresa é essa, se não foram poucas as intimidades que vocês tiveram esse tempo todo? Afinal, uma ruiva é sempre uma ruiva e... Opa! Espere um pouco... — alardeou ele, enquanto Collet continuava sorrindo, sentado ao lado de Philippe Bouchard, Emanuel Kass, Jean Pierre Montreaux e Fréderic Beringer, estes últimos não reconhecidos por ela e responsáveis por levarem Tom até ali. — Quer dizer que a nossa amiguinha caprichou na depilação? Quero dizer... Além de ficar morena? Diz aí, Tom! — perguntou com sarcasmo, para alegria da plateia.

Então Marie decidiu levantar o rosto, sustentou um olhar de desafio e com ele escrutinou o ambiente.

— O que foi? Quer conhecer as pessoas? Eu ajudo, deste aqui você deve lembrar — apontou para Collet —, e aqui estão Bouchard e Kass. Lembra-se deles? Aliás, devo admitir, não me chamo Kemper, tampouco qualquer nome utilizado aqui é verdadeiro e nenhum de nós jamais pensou em entrar para ao FBI — disse, caprichando na risada final.

Marie engoliu em seco enquanto seu algoz, e outrora referência profissional, continuava a destilar ironias.

— Deixe-me pedir uma coisa, sua pseudomenina-prodígio, mesmo não sendo impossível conseguir identidades falsas, perca essa mania de acreditar em tudo o que lhe dizem, sim? Ou você ainda não percebeu que jamais pediu nossas identificações? Percebeu, imagino.

Ela permanecia muda. Tom também. Ambos de cabeça baixa, o que instigou ainda mais o sarcasmo de Kemper.

— Resumindo, você apareceu quando não devia, se meteu onde não era chamada e nos deu um prejuízo irrecuperável. Sem falar, é claro, nas inúmeras oportunidades que acabamos perdendo em decorrência do seu abuso nos anos seguintes.

Pela primeira vez ela sentia-se inteira. Precisava estar. Queria entender tudo, cada passo dos últimos anos de sua vida, todos eles guiados por um maníaco.

— Acompanhar seus passos de perto não foi um problema, mas um prazer. Eu tinha todo o interesse em saber o que você planejava para o seu futuro de modo a estragá-lo. Assim como você estragou o meu. Se pensei em matar você? Pensar é pouco, sonhei e desejei mais do que tudo nesta vida. Entretanto eu sei bem que isso acabaria servindo como um cafuné que você não merece e seria um enorme risco para mim. Com o tempo entendi que bom mesmo seria dificultar a sua própria existência.

O clima no apartamento era surreal. De um contido descontrole emocional por parte de todos ali, porém descarado por parte de Kemper. Ninguém falava, ria ou mesmo se mexia muito. Cada um, por suas íntimas razões, preferiu apenas permanecer atento ao discurso.

— E então o que aconteceu? Surgiu este garotão aqui, quebrando vitrines de galerias e aterrorizando nossos fraternos amigos... O quê? Vocês acham que eu estou mentindo? Já pararam para pensar que assaltos em museus podem ser lucrativos, não apenas para quem aplica o golpe, mas também para eles próprios? Que existe uma comunidade interessada em badalar o nome de obras e acervos justamente para não depender das minguadas e enfadonhas visitas? E mais, ocorreu a vocês a enormidade de clientes, verdadeiros amantes de pintores famosos, escultores e artistas clássicos, na verdade em todas as áreas, dispostos a investir pesado na compra dessas obras? Inclusive ligados às mesmas galerias e aos mesmíssimos museus?

Foi a vez de Tom levantar a cabeça. Aquele ponto lhe interessava, e Kemper, ao perceber seu gesto, fez questão de dispensar a ele especial atenção.

— Preciso agradecer a você, rapaz, seu envolvimento tornou tudo muito fácil e também mais divertido. Aliás, saiba que forçamos sua querida ruiva a encontrá-lo no pub, viu? Isso mesmo, o primeiro encontro de vocês foi programado, ela sabia...

— É MENTIRA DELE, TOM!!!

O dorso da mão de Kemper voou tão forte no rosto de Marie que ela tombou para o lado. Todos se assustaram, e Tom também caiu ao tentar se levantar para investir contra Kemper.

— O que estão fazendo? Levantem esses dois! Façam alguma coisa! — gritou ele para seus asseclas.

Marie chorava de dor, mas também de raiva, e sua reação apenas serviu como um incentivo para Kemper.

Novamente voltou-se para Tom. Puxou uma cadeira e empertigou-se nela, como quem fosse começar uma longa palestra.

Marie, entre soluços, apenas olhava, enquanto todos permaneciam em absoluto silêncio.

— Diga-me, só para que eu possa compreender direito, já que isso nunca ficou muito claro para mim: esse tempo todo, você achou mesmo que cometeria ataques em série e ninguém ficaria preparado? Que ninguém se incomodaria de ir atrás? Hoje mesmo, pensou que seria capaz de causar transtornos em um dos museus mais importantes do mundo sem que nada lhe acontecesse? — perguntou, em seguida virando a cabeça na direção de Beringer e Montreaux.

Não era o caso, mas o chefe de segurança resolveu também se divertir.

— Vira e mexe surge um espertinho se achando no controle quando, no fundo, controle é tudo o que não possui. Vimos tudo o que você fez, rapaz, desde o início. Desde o momento em que você perambulou dentro do prédio até quando se encaminhou para o final do jardim — disse ele, esperando uma resposta que não veio. E então foi a vez de Beringer assumir o posto.

— E aquilo de se esconder atrás dos arbustos? Você quase me matou de rir, sabia? Acabou levando uma eternidade para alcançar a *Porta do Inferno*, e aí? Sujá-la com tinta, como nos últimos ataques? Fiquei sabendo que você é apaixonado pelas artes, mas, devo confessar, a tentativa de amputar a obra causou revolta até em mim...

Como era de se esperar, ali Tom não resistiu e fez menção de protestar, mas Kemper voltou a assumir o protagonismo.

— Pois saiba que eu considerei um belo desfecho. Patético, como não poderia ser diferente, mas romântico. Por outro lado, um homem bom morreu por sua causa, sabia? Vá lá, "homem bom", dito assim, é até exagero da minha parte. Delacroix era chato pacas, mas continuaria vivo se não fosse tão bisbilhoteiro. Então, diga-me, qual era o plano para sair do museu após toda a porcaria que fez por lá? Já sei, não responda, misturar-se entre os visitantes, certo? Pois bem, peço desculpas, mas não foi possível evitar algumas medidas drásticas para o nosso bem. Delacroix foi uma delas, e a outra o susto que o pessoal precisou dar em você. Fiquei sabendo que você deu um ataque quando se aproximaram, que relutou a entrar no carro... Enfim, pelo menos essas foram escolhas suas, não nossas — arrematou com desdém, apontando para as marcas de sangue roxo em seu rosto.

Kemper então deu uma última olhada em volta, divertido com a anuência dos comparsas, e finalizou.

— Agora falando sério, presta atenção... Está prestando?

Tom assentiu com a cabeça.

— É o seguinte, se você pensa que estamos mancomunados com museus, galerias, agências de segurança, a polícia e até mesmo recebendo o apoio de políticos, parabéns, está no caminho certo. Inclusive, tenho uma pequena informação: está vendo aquele sujeito ali? — apontou para Collet, que deu um "tchau" acompanhado de um sorriso irônico. — Pois muito bem, ele está com todos os seus ataques gravados em fitas. Absolutamente todos. Até fotos do seu ridículo passeio rasgando pôsteres no Quartier Latin. E então, o que acha disso? Está com raiva dele? Acho que ele está com raiva, rapaz, se eu fosse você tomava cuidado... — disse olhando para trás, buscando uma aprovação de Collet. — Seja como for, meu querido, tenha certeza, o que aconteceu com você não foi nada, o melhor ainda está por vir.

A cabeça de Tom zunia, mas a raiva por todo o discurso apenas se acumulava dentro dele.

Quando Kemper chegou bem perto, seu hálito cheirava mal.

— ... Ah!... Confirmando, foi ele que levou Marie até o pub e apontou para você como o suspeito. Veja só, contratamos ela para acompanhar seus passos e se apaixonar... No fundo, só se interessou por você a trabalho... É uma prostituta e...

Então aconteceu. Ninguém esperava o movimento, mas com o rosto do bandido bem próximo do seu, Tom conseguiu inclinar-se mais uma vez, e então abocanhar com força sua orelha.

O grito foi gutural, pôde sentir a cartilagem de sua orelha esgarçando, até que se desvencilhou e desferiu um soco com toda força no rosto de Tom.

Ele só não foi projetado para mais longe porque estava na cadeira, porém desmaiou na hora.

— SEU... — conseguiu berrar Marie, antes de levar um golpe tão forte quanto o que acabara de presenciar. E também desmaiou.

Acordaram horas depois, deitados um de costas para o outro em cima de um estrado, ambos amarrados nos pulsos e tornozelos por grossas cordas. Entender em qual aposento do navio se encontravam não era simples, mas logo ficou claro que estavam sozinhos.

Sem saber quanto o momento duraria, e após investigarem os ferimentos, foi inevitável especular sobre o futuro com um tom de frustração.

* * *

— *Você estaria pronto?*

— *Acho que sim...*

— *Então vamos embora! Não temos motivo para continuar aqui, na primeira oportunidade que aparecer podemos sumir, desaparecer para sempre e aí...*

— *E aí o quê? O que vamos fazer? Continuar fugindo? Até quando? Você sabe que eles jamais desistirão de nos encontrar!*

— *Da mesma forma, se aceitarmos as condições deles nunca estaremos livres!*

— *Pode ser, mas neste momento eu não vejo muita saída.*

Mary Read não sabia mais como argumentar, era impossível tirar a razão de Jack. Barba Negra conseguira encurralá-los de tal forma que não havia escolha a não ser enfrentá-lo, com a ressalva que fazê-lo em tais condições seria loucura.

Jack, por sua vez, tinha certeza de que ela não brincava quando falava em partir. E na verdade até fazia todo o sentido, mas viver fugindo não seria uma existência digna.

Lamentou que não estivesse sozinho, livre para enfrentar o Barba Negra em um duelo franco. Aquela de forma alguma seria uma morte para ser lamentada, a não ser pelo fato de finalmente ter encontrado o grande amor da sua vida.

De certa forma, eram reféns de si mesmos e não do temido pirata.

A partir dali, precisariam lidar com o fato de terem se deixado enredar pela mais sórdida das ameaças: não só a denúncia de seus crimes como a possibilidade de perderem um ao outro.

Lá pelas tantas ficaram em silêncio, e antes de voltar a adormecer Cálico ouviu Mary choramingando disfarçadamente. Lamentou com todas as suas forças. Sua dor era a dela, do mesmo modo que sua presença era o que lhe dava forças para seguir em frente.

Marcados pelo destino.

Desde o primeiro olhar.

DIREÇÃO GERAL
Antônio Araújo

DIREÇÃO EDITORIAL
Daniele Cajueiro

EDITORA RESPONSÁVEL
Janaína Senna

PRODUÇÃO EDITORIAL
Adriana Torres
André Marinho

REVISÃO
Mariana Teixeira
Fernanda Mello

DIAGRAMAÇÃO
Futura

Este livro foi impresso em 2017
para a Nova Fronteira.